# NO ME HABLEN DE CUBA

# NO ME HABLEN DE CUBA

### Grethel Delgado

www.suburbanoediciones.com | @suburbanocom

# 1

Nadie me recibe y nadie me va a despedir. Hace tiempo dejé de creer en Ítaca. Demasiado tarde. Levanta la cara y no llores. Ya estás en Cuba.

¿Quién te habrá mandado a regresar? ¿No te cansaste de repetir que no volverías ni en sueños, aunque Gardel te diera nostalgia y tus amigos dijeran que era necesario reencontrarse con la patria? La patria… ¿Qué sentido tiene la patria si mis raíces están muertas, cortadas de tajo desde que me fui? ¿Qué es la patria? ¿Dónde está si no es con uno mismo?

Me quedaba un tío en Reina y Galiano, y murió hace unas semanas. Pero no vine solo para ver la tarja en el cementerio, o el espacio de fosa común donde lo habrán lanzado, después de revender por enésima vez nuestro panteón familiar. Vine a La Habana a reencontrarme con una amiga.

Si las despedidas son horribles, los reencuentros pueden ser peores. El aterrizaje fue aparatoso. Nos sacudimos como si estuviésemos en la coctelera de un barman que agita interminablemente el trago. Cayeron algunas maletas y bolsos, y más de una señora estirada, de esas que no veían la isla desde los años sesenta, fue blanco de los equipajes. También era tarde para ellas si de maldecir el día en que nacieron se trataba. Desde cabina el piloto pidió disculpas. Todos rieron. Los imitaba como una tonta, aunque siempre había rechazado la idea de hacer cosas en masa, desde reír hasta gritar consignas sin entender el por qué, o sin querer.

A la salida las personas esperaban a sus familiares, amontonadas en el rincón que les permitía ver a través del cristal. Lloraban antes de verlos salir de aquel enredo de metales. Lloraban desde el día anterior, cuando organizaban un recibimiento, al preguntarse si al familiar le gustaría esto o lo otro, como «allá hay de todo». Lloraban al hacer la cama que quizás le vio nacer, en el cuartico que seguía igualito. Lloraban desde la semana anterior, al ultimar los detalles para la fiesta: la comida en casa, las fotos, las historias. Lloraban hacía dos, cinco, diez años, porque no veían a esa persona más que en fotos.

Y yo, ¿qué hacía dentro de todo eso? ¿Por qué tenía que regresar a mi país de esa manera, atravesar registros vulgares en la aduana, sentir esa emoción que se podía palpar de tan densa, insoportable?

Di mis primeros pasos como un reo que está a punto de ver la calle, con mi pasaporte pegado al corazón. No sé por qué miré hacia atrás, en una estúpida reacción que siempre había visto en las películas, como si al mirar atrás algo o alguien pudiera revertirlo todo. Miré hacia atrás, quise convertirme en piedra, hacerme de una coraza para lo que vendría después. Detrás estaban los uniformados. Ni siquiera me miraban, ocupados en olfatear a los "gusanos" y detectar si se repetían muchas veces una camisa o un par de zapatos. Muy despacio, giré la cabeza hasta encontrarme con un enorme teatro que abría el telón para mí. Al fondo, cientos de actores.

No quería mirar a nadie. Adivinaba los pañuelos y los rostros hinchados, las primas y los nuevos amigos, los tíos y los nietos por conocer, que buscaban un rostro entre la gente. Fue suficiente escucharlos. Nunca he sido tan patriota, pero empecé a llorar. Lloraba a cántaros, con la barbilla temblorosa y pucheros y espasmos. Quise darme con una tranca en la cabeza por haber regresado a esta isla. ¿Quién me había mandado? Yo misma, la peor de mis consejeras, la que siempre se hunde sola. Caminaba con la vista en el suelo, barriendo mis propias desgracias, el tedio, o la costumbre, no sé, de saberme una Avellaneda peregrina.

Este lugar no era mío, ni el otro, ni yo, aunque tuviera

juicio suficiente para disponer de mí misma. Tenía las manos vacías, me avergonzaba llegar a mi país de ese modo y franquear las crudas paredes sentimentales que me dejaban al fin pisar suelo cubano.

Los taxistas se anunciaban como en un mercado. Una señora muerta en llanto me confundió con su hija y quise morir ahí mismo. Necesitaba una ducha. Y un trago. Levanté mi mano y entré por inercia al primer taxi que se me puso delante.

–Al malecón.

–El malecón es muy largo, muchacha.

Cierto, el malecón es grande, pero La Habana merece toda esa línea azul.

–Donde quieras dejarme. No, yo te digo.

Y salimos de aquel aeropuerto terrible. No era yo la que iba de largo, a cincuenta kilómetros por hora. Las calles, la gente, los sitios me pasaban por delante, fugaces. A medida que entraba en la ciudad, las formas se hacían más violentas, podía ver más personas, edificios, charcos, luz y basura.

Paseo y Malecón, un sitio céntrico donde se unen el mar y la ciudad. Le di unos dólares de más antes de que empezara a explicarme algo de las casas de cambio de moneda. Enfilé hacia el muro y me senté frente al mar. Ya habría tiempo para la ciudad. Primero tenía que hablarle a Yemayá, a la cubana, no a la de Miami. Cualquiera diría que es el mismo mar, una sola deidad. Nada de eso. Tenía que ver a esta, la de verdad, la que se jodió conmigo. La Yemayá con la que siempre hablaba en las tardes, la que olía a sal y me susurraba patakines. A la Yemayá que aguantaba todos los insultos cuando había un apagón. A esa mulata bella que me hacía sentir mejor aunque no tuviera donde caerme muerta. A la Yemayá que me vio despedirme de Enrique. La que me puso la mano en el hombro para que no me pesaran las cosas que dejaba fuera de mi maleta; para que no me pesaran la tierra, los absurdos mágicos, las piezas de dominó polvorientas debajo del sofá, el tercer café de borra que ya era suspiro, mamá leyendo para mí, el beso al llegar de la escuela, la foto de fin de curso junto a Martí, Lenin, Marx y Engels. Yemayá merecía mi primer saludo.

Quería unir la imagen que me había llevado con esta otra que, después de sólo seis años, era totalmente distinta. Me vino a la mente la escena donde Sergio observa la ciudad: «Aquí todo sigue igual. Así de pronto parece una escenografía, una ciudad de cartón. Sin embargo, todo parece hoy tan distinto. ¿He cambiado yo o ha cambiado la ciudad?»

No tengo respuestas. Hoy no quiero encontrar respuestas. Ni desempolvar a los muertos.

Me levanté y seguí las curvas del malecón hasta encontrarme con la bahía y ese Castillo del Morro tan llevado y traído que sigue en el mismo lugar. El sol era cada vez más naranja, se despedía.

Vi a la señora de las flores. Estaba en el mismo banco, como un espectro. Me acerqué a ella para decirle que, una vez, hace siete años, hablamos sobre los vestidos de novia que vendían en la tienda La Época. Tenía más flores de plástico en la cabeza que un búcaro. Agarró mi mano y soltó unas palabras que no olvido: «¿A qué viniste?»

Entonces me topé de golpe con la noche. Cubría lentamente las azoteas, los árboles y las personas que iban como dormidas entre las aceras y el tráfico. Apenas me adentré en el corazón de La Habana, fui asaeteada por el ruido, la gente que gritaba de un balcón a otro como si fueran las cuatro de la tarde y los televisores estaban tan cerca de las ventanas que podía caminar cuadras y cuadras sin perder el hilo de la telenovela.

Debía llegar a casa de mi tío, que estaría cerrada por la oficina de Vivienda. Quería ver el sitio donde vivió. Él siempre iba a visitarnos cargado de limones que sacaba de su sombrero de yarey, como si fuera un mago. Nunca perdió ese aire de campo, la ingenuidad en los ojos mientras me regañaba entre risas: «eso es picardía, niña». Su casa era un misterio. Si alguien lo llamaba para verlo siempre buscaba un pretexto para evitar las visitas.

Me perdía, todas las calles eran iguales. Como si fuera a salvarme de algo, llevaba el papel con la dirección apretado en la mano.

Cansada de ventanas, calle, humo, paredes, algo me detuvo, punzante, me dejó en medio de la acera. Miré hacia atrás y allí estaba, como aquel veintiuno de noviembre, el galán de noche. Despedía un olor tan empalagoso que tuve una arcada primero y después pude sentir su aroma. No era tan fuerte como en esa noche, cuando Enrique me acompañaba a casa. Le solté la mano, tiritando, y me subí a un muro, molesta por algo que ya no recuerdo; me dejó su abrigo verde, el que no se quitaba por nada del mundo, y me sentí, como pocas veces, querida. Se fue muerto de frío y nunca regresó.

Tenía varias fotos de Enrique junto a las de mi madre, alguna de María y otras de cuando era niña. Siempre las llevo conmigo, aunque se pongan amarillas con tanto manoseo.

Qué raro se ve todo en las fotos. Las que nos hicimos esa tarde, antes de la tormenta, y de la otra tormenta, son tan apacibles que da miedo mirarlas. Siento que me asomo a una boca negra, que estoy muerta. Y la foto del malecón: la misma línea gris de siempre, el agua tan quieta, como si no rompieran las olas, como si no se rompiera nada en Cuba.

¿Por qué he regresado, qué misterio tiene esta isla? Hay tantas calles muertas, gente que no dijo lo que pensaba, libros quemados, cabezas metidas en el agua, casas desmanteladas, generaciones manchadas, locos, perdidos y exiliados... Al mirar hacia atrás, se me llenan las manos de nombres importantes. Los llevo en mi sangre con ese orgullo que nos ataca en plan nostalgia en medio de la gente, en un café neoyorquino, cuando decimos algo como «Martí está en Central Park en lugar de uno de ustedes». Se siente bien saber que tuvimos cubanos tan hondos y visionarios como Félix Varela para darse cuenta de que la moral estaba abocada a una suerte de retruécanos insalvables, a una muerte de la realidad y un mareo atemporal donde muchas veces, si nos paramos frente a un espejo, vemos a un Hatuey o un Guamá en taparrabos. ¿Hacia dónde vamos? ¿A dónde voy? ¿Qué estoy haciendo en Cuba?

Extraño a mi amiga. Hace dos años no responde a mis llamadas. Su abuela debió haber lanzado por una ventana aquel teléfono de disco de los años sesenta. Quizás ella misma se lo tiró a la abuela. ¿Habrán vendido el caserón? ¿Las sacaron de allí? Quizás María se fue del país. No dejaría a su abuela. ¿Estarían muertas? Tenía que llamarla de una vez.

Me asustaba regresar a ese lugar y ver a su abuela. Nunca olvidaré que me lanzó un trozo de tarta en el cumpleaños del hermano de María. Así, de gratis. María no era culpable; al contrario, tenía que asumir con esa carga.

¿Quién te ha visto y quién te ve, Gertrudis? La que dijo que nunca iba a regresar, la que escupió para arriba. Y aquí tienes.

Tenía que hacerlo. De lo contrario, solo perdería el tiempo en las calles y con una botella como compañía. Timbre. Nadie respondía. Sostuve el auricular, adormecida con el tono de marcado. Iba a colgar, pero sentí una voz lejana, temblorosa, irreconocible de no ser por el singular y demodé saludo que María heredó de su abuela, y que decía de la misma manera: «Diga». Con qué elegancia lo dijo siempre. Me alegró sentir su voz.

María estaba aterrada, como si alguien la amenazara a punta de cuchillo; respondía con pocas palabras, justo lo necesario. Cuando le dije que iría a llevarle un pequeño cuaderno de regalo, hizo silencio y colgó.

No podía creer que María, la única que pudo considerarse y considerarme una amiga, me dejara con la palabra en la boca, con la mano en el auricular y el corazón en la mano. La emoción de que respondiera al teléfono después de tanto tiempo sin escucharla, la alegría de poder encontrarla y recordar juntas los años en la universidad, de actualizarnos sobre nuestras vidas, todo terminó con el golpe mortal del teléfono.

Sola otra vez. Seguí sin mucho cuidado por las calles.

NO ME HABLEN DE CUBA | Grethel Delgado

Demoré el paso, miraba las farolas sin luz, las paredes agrietadas, los balcones a punto de un derrumbe. Algo me faltaba. La ciudad, a pesar de su música, no me decía nada. ¿Qué querías, Gertrudis, una revelación, un golpe de conciencia, ser iluminada?

Un viejo pasó por delante con su carro de basura. Llevaba una linterna que amarilleaba el contén. Me apuntó con la luz por unos segundos. Quise decirle algo, al menos un saludo, un comentario. Me esquivó como si le hubiera recordado a alguien, y lo vi alejarse.

Otra vez sola. Recordé las últimas palabras de María, su tajante «mejor no vengas». La odié, y me odié por mi estupidez. Ella siempre ha dicho frases tan terribles y cerradas como esa. Un día antes de irme quedamos en un parque para despedirnos. Le dejé mis libros, mi *goldfish* con la comida para dos meses y toda la ropa que no llevaría conmigo. Lo recuerdo como si fuera hoy. El parque estaba tan desierto que hablamos en susurros para no espantar a las palomas. Ella pasaría por mi casa. Pero no fue. Tan absoluta como ella misma, hasta en eso me dejó plantada.

Tengo la impresión de que voy a salir llorando de aquí, que me van a dar algo y a la vez me lo van a arrancar. ¿Qué estoy haciendo? Aquí estoy sola, lejos de la niña que más amo en el mundo.

A pesar de todo me quedaba la noche. Busqué en mi bolso y abrí una de las cartas que María me escribió en los primeros años, antes del silencio. Comencé a leer, como si fuera tan fácil revivir el pasado.

# 2

Al fin puedo sentarme a escribir una carta decente, Gertrudis, mi Tula querida. Esto va para largo. Perdona que me desahogue contigo, pero no tengo con quién hablar. Ya son tres semanas y parece que te fuiste ayer. No te voy a decir lo que mi abuela hizo cuando se enteró, porque para amarguras no estamos. Siempre ha sido muy particular con mis amigos; bueno, con todos. Pero en el fondo es una viejita adorable. La entiendo, o eso creo, porque ha tenido que tragar en seco muchas barbaridades, desde que el gobierno le quitó el *penthouse* y el yate a mi abuelo, después de darle tres patadas y un diploma, hasta que decidió apartarse del mundo.

Mi madre está cada día más irritable. Ayer me dijo que no aguantaba el calor, la vulgaridad, la música estridente de los vecinos. Lo peor es que yo pienso lo mismo, me callo para no irritar a nadie y encima tengo que escucharla. ¿Por qué me tiene que pasar esto? Si apenas hablo. Se quiere ir. Mi padre la va a invitar. Lo gracioso es que se tienen que casar de nuevo. No los entiendo. Nunca los entendí. Gente anónima, más bulto para las fotos, comunes mortales.

La abuela se enteró ayer y desde entonces no para de gritar desde la cama si me ve pasar. Hay días en que no puedo con ella, ni con mi madre, y me escondo en la cocina a tomarme el whisky que le decomiso a la abuela. Ay, Tula, si la dejo, estaría siempre borracha como una cuba. La entiendo, a esa edad, no hay quién aguante así, a capela, sin un aliento. Ella sabe que le escondo la botella en la cocina, pero como le cuesta bajar las escaleras, se resigna.

La vecina, que suele venir los jueves a contarle chismes, le sube la botella. Por eso cada vez que se marcha, voy a darle un abrazo a la abuela y aprovecho para meter la mano debajo de la almohada y sacarla. No es tonta. Sabe que no se rellena por arte de magia, aunque sea muy fina y muy de cristal de bacará. Ya nos entendemos. La regaño muchas veces con sus mismas palabras. "El relajo con orden, abuela". Le hablo del daño que hace el alcohol. Por bueno y caro que sea, se muere igual, nos cocina el hígado lo mismo que la "chispa de tren" o la "metralla". Entonces doy media vuelta con la botella y tras cerrar la puerta me doy un trago. Yo también necesito consuelo.

Se calma un poco cuando le pongo sus boleros. ¿Qué sería

de mí sin ese tocadiscos, sin Antonio Machín? A veces siento tanta pena… Cerca de la cama hay una butaca verde que además de alergia me da nostalgia, porque allí se sentaba mi hermano a recibir regaños y consejos. También está la silla de caoba que aún tiene el cojín que le regalaron a mi bisabuela Josefina en su luna de miel.

Me siento junto a la cama en una sillita de mimbre que fue de los Boza Masvidal, y ella me mira, inmóvil, terrible. De pronto separa los labios resecos por la mala noche y el asma, y me suplica, suave, que le deje escuchar *Toda una vida*. Antonio canta para ella una vez más, con la misma pasión, yo diría que más profundo. Será que de escucharlo tantas veces he llegado a sentir sus canciones tanto como la abuela. Da gusto verla, suave, incluso sonriente, tararear con su *m* que le vibra en la boca. Entonces deja salir unas palabras, me mira y envuelve con su promesa, «te estaría cuidando, / como cuido mi vida, / que la vivo por ti». Será un pandemónium estar con la abuela, pero en estos momentos olvido las ofensas. Abuela tiene estrella. Es grande, aunque ahora sea un gorrioncito que se pierde en una esquina de la cama. Martí decía algo como «doma potros y fieras la caricia», y ya ves, a mi abuela la doman los boleros.

No quiero cansarte con mis historias, Tula. Creo que no te va a gustar que hable de la abuela siempre. Y si mi madre me deja sola con ella no tendré otro tema de conversación.

Recuerdo que, cuando era niña, le decía a mamá que no lograba dormir si no era con las nanas de la abuela. Alucinaba con esas canciones donde cada dos por tres una mujer le ponía los cuernos al marido, este se iba al bar a aliviar las penas, se rompía una copa, un piano de cola y hasta un corazón, y después en el coro todos reían como si no pasara nada. Ay, estas canciones cubanas, donde entierran a un muerto en medio de una rumba y encima le gritan barbaridades. La vida debería ser así: un bolero, una saga de pasiones sin sentido, pero pasiones al fin.

Tula, me vas a tener que disculpar, pero no quiero ir a tu casa a buscar los libros que me dejaste, ni la ropa. Mucho menos un pescado, me da tristeza verlos en peceras. Tengo unos días perros. La valeriana es tan ligera que no me entero. La terapia floral me la acaba de recomendar Aldo. No confío mucho en eso, sobre todo viniendo de Aldo, pero me gustan tanto las flores… No me cuesta probar.

Me da vueltas el mundo. Mi madre está guardando sus cosas en una maleta enorme. Quiere llevarse todo, sus vestidos, los collares, las fotos, sus perfumes, unas cartas de papá, su título universitario, los adornos de su repisa, el espejo de mi tatarabuela, los zapatos…

¿Qué puedo decirle, si está más determinada que cuando le dijo a mi padre que quería tener una niña y se plantó frente a él toda una tarde para que él se dignara a hacer lo suyo? Y mira: aquí estoy. Por eso le tengo miedo. Cuando quiere algo, tarde o temprano lo consigue. Me entran ganas de abrazarla, llenarla de besos. Pero no lo haré, amiga, porque entonces le va a doler más dejarme, y a mí verla partir. Mira que solo han pasado unas semanas de tu viaje, y las despedidas son del carajo, más para el que se queda, por la impotencia, no sé, aquello de no poder salir corriendo también.

No hay nada más doloroso que ver aviones surcar el cielo. Con qué irreverencia pasan cerca de las estrellas y las dejan atrás. Uno ve esa lucecita dejar todo atrás, como si el mundo les resultase pequeño, con tantas historias en sus barrigas metálicas, tanto desamor y esperanza, quién sabe. Los aviones me asustan; me asusta todo lo que pueda revelar la línea entre la noche y el día, todo lo que esté sobre las nubes.

¿Qué hago aquí, Tula? La casa va a estar más triste. Tendré que cerrar los cuartos para que no me parezca tan grande. La casa está vieja, llena de achaques y ruidos. En las noches hasta se puede escuchar cómo tose, y se atraganta con saliva, y maldice, como la abuela.

Hay días en que no me quiero levantar de la cama, y atraso el reloj, y lo atraso, y el reloj me despierta cada cinco minutos. Éramos tan felices cuando queríamos ser felices… Incluso cuando nos coincidía la "depre" y me decías, con los mocos afuera, que no valía la pena seguir estudiando, si al final ibas a dejar la carrera. ¿Recuerdas lo que te dije? Claro que sí, no lo vas a olvidar nunca. Abandonar, eso no existe, tú solo apartas algunas cosas y tomas otras; esa es la verdadera carrera: la vida, que es más ingrata que el demonio, pero es lo que tenemos.

Estoy ansiosa por saber más de ti. Aparte de la caída que te diste en el avión –¿no irías borracha?– y de los papeles, y el seguro médico. No has comentado nada. Quiero saber cómo te sientes, si es lo que esperabas. Quizás es muy temprano para darse cuenta pero al menos dime tu primera impresión, así, rápido y mal.

Entiéndeme, amiga. ¿Qué voy a hacer? No me animo a salir. Sabes que me gusta estar en casa; no es solo que me guste, sino que lo necesito. Desde que te fuiste me da miedo, no sé... No dejo de pensar en mi hermano y en lo que mi madre y mi abuela me dirían si salgo sola. A mí no me pasaría nada.

Sería mejor si nadie se fijara en mí, si fuera invisible entre la gente. Ese era nuestro problemita: el terror a ser el centro, que todos voltearan a mirarnos —el culo, claro está, principalmente—, a desvestirnos con la mirada; sobre todo a ti, que eres un escándalo. Yo siempre fui «la bonita», pero tú estabas buena, apetecible, con una sensualidad a gritos que bien sabían escuchar los machos.

Quizás el fin de semana me animo y salgo a ver el mar. Aún no me decido. Se lo diré a mi madre, a ver si nos hacemos unas fotos; las últimas fotos juntas. ¿Me estaré poniendo vieja demasiado temprano? Abro la boca y me salen unas frases lapidarias —«esto es así, aquello no puede ser, será de esa manera»— peor que las de mi abuela, como si lo hubiera vivido todo. Yo, que soy un pichón de cubana con un mundo por delante.

¿Piensas mucho en Enrique? Debe estar triste… Disculpa que lo mencione, pero le tengo cariño. Sé que debes rehacer tu vida, pensar en los estudios. Hace días vino a tomar un té con nosotras. Después imitó a María Callas y mi abuela quedó encantada. Enriquito no es como los demás muchachos; ni alardea de su belleza casi femenina, ni va de picaflor. Su languidez es envidiable, y su calma; ya quisiera tener esa paz interior. Te quiso mucho. Y te quiere aún, puedo asegurarlo.

Se me había olvidado preguntarte dónde vives. ¿Con tu madre o sola? Debe ser muy rápido para estar sola, aunque no estaría mal irse acostumbrando. Yo no me imagino sin mi madre y mi abuela. Qué horror, en esta casona, sin más alma que la mía dando tumbos por los pasillos. Prefiero pegarme un tiro.

Dime cómo son tus días, en qué piensas trabajar, o qué permisos necesitas antes de hacer cualquier cosa, y si ya comenzaste las clases de inglés. Cuídate, por favor. Y no te olvides de mí; aunque nunca te gustó la coca cola, así que menos te gustará la del olvido.

No te olvides de María.

3 de junio, 2007

# 3

¿Ya están grabando? Ah, bueno, yo espero. Si una ha esperado toda la vida por esto, un minuto más no hace daño. Ese chisme de las cámaras siempre me ha gustado. Cuando iba a clases de danza contemporánea a veces filmaban los ensayos y yo me ponía en los intermedios al lado del camarógrafo, a ver lo que hacía. Bueno, y porque era un espectáculo el trigueño aquel. ¡Un monumento! Hasta sus pelos me gustaban, y mira que yo soy quisquillosa para los pelos.

¿Que me calle? Claro, entonces no digo nada más. Me avisan.

Ahora necesito un minuto. Un poco de base no viene mal. Diana, ¿me traes el bolso? Un momentico. Sí, ya casi, es que el maquillaje da una fuerza interior que aunque no lo quieras se nota. ¿Ven? Soy muy rápida. ¿Se puede poner música? No sé, una baladita… Ay, no, mejor algo de Elena Burke. Está bien, yo entiendo todo eso. Solo pregunté. Niño, cuidado con la blusa. Cada vez hacen los micrófonos más pequeños. Qué cosa, ¿eh? ¿De verdad ustedes son estudiantes de cine?

Lista. Lista para alistarme. Pregunta todo lo que quieras, que con el trago que me diste, hay cuento para rato.

Eso sí, me van a tener que disculpar. No tengo una noche muy buena que digamos. Tengo tantos demonios en la cabeza que si me preguntan la hora soy capaz de vomitar o retorcerme en el suelo, no sé. Cuando llega esta fecha, todo me irrita. No puedo ni mirarme al espejo, porque me doy lástima, después me entra una rabieta inexplicable y termino con el moño virado. Así no hay quien salga a la calle, no solo porque soy una insoportable sino porque no consigo nada.

Mira eso, ya estamos en abril. La primavera revienta, se abren las flores, las piernas y también las entendederas. Las cosas huelen bien, o al menos uno quiere que huelan bien.

¿Por dónde empiezo?

Bien. Soy Enrique. Mi nombre artístico es Sexta y soy travesti. Soy muy feliz.

¿Quién me iba a decir que hace años yo estaba enamorada de una mujer? Qué cosa. Yo, la niña mala. A pesar del mal rato, o la mala temporada, tengo que agradecerle algo. Sin esa patada que me dio en el malecón no me habría dado cuenta de que yo quería ser un machito y la iba a dejar.

Pues ya ven, me lanzo y no hay quien me detenga. Qué tortura con el sonido. El ruido de la calle va a estar ahí, por mucho que te estreses. Bueno, sigo. Siempre tuve aquello de mirar a los machos, pero algo me atrajo en esa muchacha. Sí, tal vez era envidia mía, o ganas de estar cerca de una mujer. Para, para eso. Me vibra el celular. Discúlpame, pero con eso en el muslo no hay quien se concentre. Diana, guárdame esto, anda. Cosas que pasan. Ay, ni que fuera televisión en vivo.

Ella me dijo que se iba y, como en las películas, comenzó a llover. No importaba mojarnos, apenas sentíamos el agua. La miraba como esos niños que ven un truco de magia por primera vez. En cierto modo la veía por primera vez, porque esa muchacha frente a mí ya era otra, no la conocía. Es terrible cuando te asomas al futuro y el presente es cosa vieja. Sería la última vez. No porque ella se fuera y quizás no volvería nunca a esta isla, sino porque no sabía qué iba a ser de mí. Era como ver su imagen pintada en un papel muy fino: el agua comenzó a caer por su frente y su cara se hizo más nítida. Nunca había estado tan definida como esa tarde, con la bendición de una lluvia tan dramática que parecía estar ensayada. Yo miraba al cielo, sintiendo los golpecitos de las gotas en mi cara, y pregunté por qué llovía como si todo fuera a recomenzar. Me vi sin Gertrudis, aunque la tenía frente a mí. Me vi sin rumbo, mientras ella me observaba, en el malecón.

La besé; más bien le quité un beso, y dos, aunque ella se molestó y dijo que no era bueno querernos tanto si nos íbamos a separar pronto. ¿Pronto? ¿Cuándo? No me respondió. Solo me dejó con el «pronto» en la boca, con el que no supe qué hacer, si tragarlo o escupirlo, o simplemente decirlo muchas veces hasta que perdiera el sentido.

Yo tenía los brazos abiertos de par en par como un libro manoseado hasta el desgaste. Las gotas de lluvia eran alfileres de cristal que atravesaban mi cuerpo como si yo no fuera nada. Entonces pensé que no era nadie. La caricia de Gertrudis me sacó de ese sueño.

Esa fue la última vez que amé a una mujer, y la primera, ahora que lo pienso. ¿Quién me lo iba a decir, sexta pécora? La verdad es que nunca se sabe. Fue tan doloroso que me metí en el cuarto y estuve una semana sin salir. Mi madre, escondida de mi padrastro, me llevaba mi comida y algo de la suya, porque sabía que si venía de ella yo era incapaz de tirarla al inodoro. Todo lo que viene de mi madre es sagrado.

Y la muy atrevida se fue de verdad. No lo creí hasta que pasé por casa de María, su amiga, y la abuela me lo soltó mientras yo le servía el té. Estuve a punto de lanzar el bendito samovar que tanto me gustaba. Cuando me entra el ataque de la croqueta me da por romper las cosas más queridas. Si me va a dar, que me dé. Después me dijo por correo electrónico que sentía un poco de nostalgia. Ah, la que se había repugnado con el dulce. Creo que le puse algo que había leído en una parte, con algunos cambios para que le sirviera, así como las costureras entallan la ropa. «Si extrañas a Cuba es porque algo quedó aún sin descifrar. (Me refería a mí, por supuesto.) Dicen los que han vivido más, o al menos los que tienen más heridas, que a los lugares buenos se debe volver antes que el tiempo los borre y el regreso solo sea una dolorosa nostalgia. Cuando puedas regresar, dedícale cuatro o cinco días a Cuba otra vez. Los lugares te parecerán más conocidos. Lo mismo con las personas. O no, quién sabe. A veces se da por oposición. Es tuyo el destino y la oportunidad de saberlo.»

Le prometí que si me dejaba me iba a cortar las venas o me cambiaría el nombre. Qué trágica. A cortarme las venas no llego. Me faltan huevos, y mira que tengo un par de huevos grandes, como los de Maceo. Pero lo de cambiar el nombre, y más, todo lo que era, eso fue más fácil. Regalé las cosas que me traían recuerdos. Hasta al pobre Lío. Ella se encaprichó con el perro, aunque no teníamos tiempo de cuidarlo. Una belleza de pekinés. Qué pena me daba Lío esperándola en el balcón, con esos ojazos. Me da lástima haberlo regalado. Sería peor tenerlo en mi cuartico, donde si no estoy a la viva tropiezo con los muebles.

Siempre fui un muchacho del montón, y cuando decidí ser hembra, después del maquillaje, los secretos y la actitud, me convertí en una mujer bella. Da igual, al menos hice lo que me dio la gana. Hay quien va por ahí con cuerpo de yo y cara de usted. Vaya, que no se sabe qué son. Al menos a mí, de darme una ojeada enseguida sabes lo que soy. Voy abierta como una adolescente pasada de copas.

Los fines de semana vengo al cabaret. Aquí me siento en casa y canto mis numeritos. Sobre todo en los de Luz Casal deslumbro a todos. Una vez cantaba *Piensa en mí*, con una bomba… que te cagabas. Perdón. Esto lo editan, ¿no? Ah, bueno, entonces te advierto que se me puede ir cualquier cosa. Un tipo venía a darme dinero, subió las escaleritas al escenario sin mirar y dio un tropezón. Al caer a mis pies, atinó a ponerme el billete en el tacón izquierdo. ¡Ay, mi niño! Di con el tacón en el suelo, con la perreta de María Caracoles, y le dije: «en ese no, que yo soy derecha». Y entonces me lo puso en el derecho. Le di las gracias y seguí cantando como si nada hubiera pasado. Pero sí había pasado. El tipo era muy bello. Quizás estaba borracho. Bueno, borracho o no, al terminar el show se acercó para felicitarme y después me dio una nota que acabó conmigo. Era sobre la manera en que agarraba el micrófono. ¿Será estúpido? «¿Qué importa que lo levante, lo zarandee y que no me lo acerque a la boca? Todo el mundo sabe que estoy doblando.» Le dije que no lo quería ver más. Encima era zurdo.

No hay nada que me desespere más que la gente zurda. Ay, por favor. Mira que desde la primaria mi maestra María Antonia trató de que aprendiera a escribir con la izquierda. Qué agonía, a veces me amarraba la mano derecha con la pañoleta y me decía: «con la izquierda queda mejor el trazo».

El lenguaje no se equivoca: uno dice al derecho y al revés, a diestra y siniestra. La izquierda es muy jodida: está al revés y es siniestra. Nunca he querido ser siniestra. ¿No dice en la Biblia que los condenados se sientan a la izquierda del Señor, y los elegidos a la diestra? Pues yo soy una elegida, aunque en este infierno prefieran lo siniestro. Así lo veo, porque yo le doy mucha importancia a las palabras. Muy claros están los árabes, que se limpian el culo con la izquierda, y después no sirve para nada más que para tocar la mierda y convertirla en más mierda, al revés de lo que hacía el rey este, ¿cómo se llamaba? Da igual, un tipo que tocaba las cosas y las convertía en oro. Gracias. Midas, ese mismo.

Para colmo la maestra me daba un lápiz rojo y yo no sabía cómo pintar las nubes. Cada vez que reviso mis cosas viejas y veo los dibujitos de primaria, son unos trazos locos donde todo se quema o se desangra. De ahí me vino esto de ser sangrienta, que la sangre corra, vaya, en sentido figurado.

Me gusta el sufrimiento. El sufrimiento teatral. Yo soy de las que se cuelgan de los telones y gritan desesperadas hasta que la pintura de los ojos chorree dramáticamente la cara. Ah, sí, mi vida, eso es lo mejor que podemos hacer. Vivir el teatro, lo que no es verdad pero es más verdad que todo. Ay, si me viera Almodóvar… Estoy loca por conocerlo; mira, le hago un pedazo de casting y seguro me convierto en su actriz fetiche.

Algo tengo que agradecerle a María Antonia. Ella entraba al aula, apagaba el cigarro Criollo, y todavía con un halo de humo daba los buenos días con esos labios pintarrajeados de rojo. Era toda una diva mi maestra de primaria. Soy su fan. A pesar de que me obligara a escribir con la izquierda, soy su fan. Lo que no soporto es que cada 13 de agosto tenga que celebrarse el día de los zurdos. ¿Y el día de los diestros? Eso de darle importancia a las minorías es peor, porque se nota que les tienen lástima. Mi maestra era zurda, ahora lo recuerdo, pero el cigarro siempre lo agarró con la derecha, no sé por qué. Lo llevaba apagado en las clases, y cuando tenía que amarrarme la mano derecha se lo ponía en la boca, ladeado hacia la izquierda, claro. Lo tenía pegado al cuerpo.

Escribí algunas cosas cuando era niño y me obligaban a ser zurdo. Pero aún la tinta no se secaba y con la mano iba ensuciando todo, borrando el pasado. «No me gusta borrar el pasado», le dije a mi maestra. Ella me miró y no dijo nada. Ajustó más la pañoleta en mi mano derecha; la vi ponerse roja, pálida y después azul. No exagero, no. A pesar de todo se lo agradezco. El hecho de obligarme a escribir con la izquierda me inspiró a llevarle la contraria a todo el mundo.

Si me pudiera ver ahora. Me gustaría que viniera una noche al San Francisco. Le reservaría una mesa junto al escenario, para que me viera bien. Le dedicaría una canción, y bien entonada con un trago de añejo siete años, se la cantaría a pecho, como esos jinetes que montan caballo a pelo, tan salvajes, viriles. Le diría «María Antonia, esta es para ti», y todos en el cabaret tendrían que mirarla. ¿Dónde estará ahora? Que Dios me la bendiga, donde sea que la encuentre. Ay, aquí hace falta un trago. ¿Se puede? Tráeme la botella que tengo en el camerino. No, debajo del guacal. Eres un amor. Ustedes no paran de grabar. Mejor, si voy a ser famosa, que todos sepan la verdad. Un trago de vez en cuando ayuda a vivir.

Un momento, primero en la esquina, para los santos. Ahora tomen todo lo que quieran. ¡Salud!

# 4

—María, ¿te acuerdas cuando comenzaste a decir que tenías un embarazo ontológico? Ahí me dije: «Elena, esta va por el mismo camino, no se puede dudar que es hija de su madre y nieta de su abuela».

María le daba la espalda a su abuela. Miraba por la ventana. Se limitó a hacer un movimiento de hombros que Elena leyó como un desprecio. El reloj marcaba golpes y no segundos.

—Deberías hablar con ella —Soltó María.

Elena cerró los ojos e hizo una mueca aniñada. Quería llorar pero no le salía ni una lágrima.

—No te acerques.

María retrocedió y se guardó el abrazo para otro día. Lo mejor era dejar a la abuela con sus penas, por mucho que quisiera compartir el dolor y hacerlo «un dolorcito», como ella misma le enseñó de pequeña.

Oyeron un ruido.

—Aquella se enredó en las escaleras. Debe estar recogiendo sus bártulos con carita de Scarlett O'Hara mientras perseguía a su amado. «Francamente, querida, no me importa.» Que se estrelle con maletas y todo. ¿Vas al aeropuerto?

—Dijo que no hacía falta.

—Ve, no sea que te arrepientas. Ve con esa ingrata, ve. Síguela con la vista hasta que se pierda entre tantas puertas. Eso, que se vaya. Siempre ha salido huyendo de todo. Ojalá me muera antes de que regrese. No soportaría verla regresar de Miami con cara de carnaval y llena de paquetes.

—Abuela.

—Cállate y ve detrás de la madre que te parió.

María salió en tres o cuatro pasos largos, no porque le hiciera ilusión despedir a su madre, sino para alejarse de su abuela. Se asomó al inicio de la escalera, y desde allí vio a su madre sentada en el primer escalón, con la cabeza apoyada en una de las maletas. La observó durante unos segundos antes de bajar.

—Algún día vas a entender —Le dijo su madre.

En el fondo evitaba la despedida. Si no, terminaría llorando junto a su hija y no podía darse el lujo. Había puesto muchas cosas en juego, sobre todo dinero, como para perder el viaje por una cursilería que a los diez minutos se habría agotado.

María habría querido que su madre no fuera tan teatral.

La vio levantarse, agarrar las maletas como Madre Coraje al tirar de la carreta, y dar un portazo al salir de la casa.

María se alegró de que al fin la hubiera dejado libre. Al darse la vuelta, recordó que aún quedaba la abuela.

–Ven, siéntate. ¿No vas a llorar? Déjala que vea mundo. Quién iba a decir que terminaría así, loca como una cabra.

María rozaba las paredes para no tropezar con los muebles en medio de la oscuridad. Una vez en su habitación, se acercó a la ventana, atraída como los insectos por la luz de la ciudad. La calle estaba desierta. Pasaron tres, cuatro luces, y a la quinta ya se iba a la cama. Entonces escuchó el teléfono. Atravesó el pasillo, levantó el auricular y respondió. Nadie habló del otro lado.

# 5

Desperté enredada con las sábanas. Me tomó un buen tiempo reconocer el lugar. Estaba en La Habana. Al menos por unos días. Dos semanas eran más que suficiente. Miré el cuarto, las flores plásticas en una mesa muy parecida a la que tenían mis padres. Prefería este alquiler antes que un hotel. Quizás era una tontería, o la falta de costumbre, como nunca me pasó por la cabeza la posibilidad de hospedarme en uno cuando vivía aquí... Además, en esta casa tenía privacidad. Preparaba lo que quería, y la cafetera me daba alegría. En un hotel tendría que ponerme algo de ropa, bajar a la cafetería y, entre las miradas de la gente, tomar un café con la bolsita del azúcar, la cucharilla, la servilleta, la música de ambiente. O tendría que pedirlo al servicio de habitación, lo que también significaba verle la cara a alguien. No, prefería estar sola, tomármelo como me diera la gana.

Mi tío Francisco había muerto una semana antes, en un

hospital más parecido a la lista de espera de la terminal La Coubre, solo, con su carnet de identidad y una Virgencita de Regla en la mesa de noche. Nada más. Para morir no hacen falta tantas cosas. La enfermera lo encontró más azul que el azul de metileno, en posición fetal y abrazado a la almohada. Se había zafado el suero. Mi tío murió, entre otras razones, por una tristeza crónica que se lo fue comiendo como una úlcera, desde que mi tía lo dejó por otro, hasta que lo sacaron del derrumbe para un albergue. Gracias a su entusiasta trayectoria, la revolución le había dado un apartamento que él mismo terminó de construir, aunque sabía de albañilería lo mismo que yo de… pues de albañilería. Por si fuera poco, le tocó asumir con los "hermanos" de Angola y dar unos cuantos tiros a todo lo que se le cruzara por delante, para que no se dijera que él era un cobarde. Y por si esto fuera poquita cosa, al regresar le dieron unas alegres palmaditas en el hombro, que no eran más que patadas en el culo, y lo mandaron a la tabaquería, a guapear y recoger cabos. Así estuvo hasta el final, en la lucha diaria, vendiendo los tabacos que lograba sacar y con la esperanza de que las cosas cambiaran. Pero no hay corazón que aguante.

Recuerdo que tras la muerte de mi padre, Francisco llegó a la casa con unas flores blancas y una botella de sirope de naranja. Tengo ese día tan fresco en la memoria que puedo saborear el trago que nos dimos. Lo invitamos a sentarse, hablamos de la ponina para pagar el taxi hasta la funeraria, donde mamá se volvía loca. Entonces mi tío me pareció un hombre sencillo. Era la segunda vez que lo veía, desde aquella noche en que tuvimos una fiesta más surrealista que Dalí y Magritte bailando un guaguancó en la acera del Louvre.

Comenzaba diciembre, y al abuelo se le ocurrió hacer una cena familiar para armar el árbol de Navidad. Sacamos el empolvado árbol del cuarto del fondo, en prisión domiciliaria desde los setenta, y cuando abrimos la caja nos recibieron dos cucarachas y las ramas deshojadas. Logramos rescatar algunos adornos y apuntalar el árbol con una soga de tender ropa que también llenamos de adornos viejos. «Debimos haber comprado una palma real navideña y decorarla con latas de refresco y cadenetas», se le ocurrió decir a mi madre, ante la mirada del abuelo, que se insultaba por todo, aunque esto merecía el insulto. Era un museo de la Navidad, y daba miedo ver a Papá Noel con el rostro despedazado, las bolas rojas ya color tierra, y la estrella de Belén más bien borrosa, que venía literalmente a rematar aquel desparpajo navideño.

No podíamos comprar un árbol; tampoco los vendían. Mi padre comenzó a organizar el nacimiento de Jesús, reuniendo como pudo a los reyes magos, los pastores y animales en torno al pesebre. Él nunca tuvo mucha convicción religiosa, ni política, y ahora que lo pienso, de nada, y dispuso aquel nacimiento de tal modo que mi abuelo se quedó, una vez más, boquiabierto. Mi padre era de esas personas que no tuvieron una niñez bien aprovechada; cuando tenían juguetes le daba por armar escenas ilógicas. «Por Dios, muchacho, eso no es un teatrino», le dijo mi abuelo, quitándole al pobre niño Jesús antes de que lo pusiera boca abajo cerca de la estrella como si gateara por el tejado. Gracias al papa Juan Pablo II íbamos a celebrar el 25 de diciembre. Fue una de las pocas noches en que estuvimos tan unidos. Parecíamos felices. Quizás lo éramos, pero en ese momento no nos pasaba por la mente.

Qué raro es pensar en el pasado. Se ve tan lejos. ¿Será que me estoy poniendo vieja? Esta mañana, vieja o no, decidí plantarme en casa de María. Necesitaba una explicación. Quería verle la cara. Ella sabía dónde estaba Enrique.

El taxi se acercaba a la casona, y no sé por qué tuve miedo a llegar. Quizás mi verdadero aterrizaje era encontrarme con alguien que me reconociera, que diera fe de que estaba aquí.

¿De quién se escondía? Los recuerdos se agolpaban: sentí el aroma del perfume que usábamos, vi sus sandalias preferidas, mi anillo de plata. Éramos unas niñas recién llegadas a los veinte años. Todo nos parecía inalcanzable y al mismo tiempo teníamos la seguridad de meternos el mundo en un bolsillo. A medida que reconocía las calles, los sitios donde nos escondíamos en las noches de fiesta, haciéndonos trampas, el temor se apoderaba de mí. No pude controlarlo.

Le dije al chofer que diera la vuelta. Le pagué y entré a una cafetería. Me acerqué a la barra. Había un silencio terrible. Cerca de la caja de servilletas, vi un pomo de kétchup con la tapa rota, mil veces rellenado con una pasta casera de tomate, seguramente, y al fondo, una repisa con una botella de Johnnie Walker más sola que una pena. Junto a la caja un paquete de papas fritas rodeado de vasos plásticos. Olía a alcohol, a ceniza y aceite, todo ello curtiendo por capas la madera. Di un golpe en la barra y sentí un ruido detrás. Me empiné para ver mejor. Había dos muchachos arrinconados al fondo.

—Está cerrado —Dijo uno. El otro solo me miraba, asustadizo, mientras se subía el pantalón.

—Estaba abierta.

—La puerta, pero no el bar —miró al otro, ya vestido, y dejó caer los hombros—. Estamos haciendo cierre de caja. ¿Qué quieres?

—Agua —dije, con la voz más delicada que pude sacar—. Solo agua.

El otro muchacho, que hasta el momento no había abierto la boca, me extendió una botella y sacudió una mano para insinuar que la llevara gratis. Desde la puerta, con temor a voltearme, pregunté si en verdad no tenía que pagar. Una voz singular, tan aguda que cortaba, dijo un delicado «por favor». Esas palabras me dejaron una extraña sensación, como en esas películas donde un terrorista con buen corazón —¿existe eso? — avisa a los comensales del restaurante para que salgan antes de que explote todo. No miré atrás. Me largué con mi agua a otra parte y fui a una parada de ómnibus.

«Enrique, Enrique, he venido para decirte que me llevé algo que también es tuyo, te pertenece, lleva tu marca. A mi tío quería verlo antes de que muriera, pero solo llegué a tiempo para ver la precinta de la oficina de vivienda en su casa. Vine por ti, te debo algo. Aunque no me atrevo a buscarte. Me pierdo en las calles, todo me da vueltas, no entiendo qué me pasa.»

La voz de una vendedora de maní me sacó de aquellos pensamientos. No tenía a dónde ir, no sabía a dónde. Justo detrás del techo y entre los dos bancos que habían sobrevivido a las esperas, había un cartel borroso del que solo se leía «oria siempre», lo que me hacía pensar en todo lo que dejamos en el camino, en la travesía hasta una victoria de espejos, de alegrías teatrales. Me senté en uno de los bancos. Una señora me preguntó si era la última y miré atrás: no había nadie más. Se sentó en el otro banco y apretó su bolsa contra su pecho.

Entonces apareció él, su recuerdo, quiero decir. Los bancos se veían casi nuevos y la vieja había desaparecido. Había muchas personas y él caminaba entre todos, buscándome, hasta que lo tuve frente a mí. Me preguntó la hora. Yo no tenía reloj; nunca lo tuve, me parecía innecesario llevar el tiempo a cuestas. Tuve que preguntarle a una muchacha, que tampoco tenía reloj. Ella, a su vez, le preguntó a unos jóvenes que cantaban, bien lo recuerdo, «hago siempre lo que quiero, y mi palabra es la ley…» como carneros a punto de degüello. No tenían hora ni tiempo, de hecho no tenían nada. Un señor se dignó a dar su sentencioso «tres en punto de la tarde», y el hombre me sonrió y dijo alguna tontería como «espero que no te llames Lola», y creo que le respondí otra idiotez como «mi nombre es Dolores, ¿por qué?» Tenía dieciséis años; él, más de cuarenta.

Durante el trayecto no hizo otra cosa que rozarme con su maletín. Me preguntaba si eran todos así, tan amantes de los preámbulos sosos. Lo miraba de reojo, y él, casi erecto su pene –lo sabía, se podía oler por encima del hedor reinante, como se escucha el violín sobre un piano– me devolvía la mirada directamente, sin la delicadeza del rabito de los ojos. En una de las paradas me quedé como tonta viendo a la gente bajar, o más bien lanzarse, cuando una mano, áspera, sudorosa, me agarró del brazo y me lanzó fuera del ómnibus.

No dije una palabra, sabía que era él y no lo miraba; me concentraba en su mano, que ya había tomado la mía y me apretaba fuerte.

Me dolía, pero era un dolor agradable, intenso. Lo deseaba, aunque me dejara marcas, me cortara la circulación e incluso perdiera la mano. Necesitaba la sumisión, el miedo incontrolable, cerrar los ojos y saltar... Caminábamos con paso ágil y yo seguía sin decir ni esta boca es mía. Sabía que íbamos a tener sexo y perdería la famosa virginidad. Aunque yo nunca me consideré virgen ni señorita, esos apelativos suena a religión o clase social. En el tramo final me sentí arrastrada casi a empujones, no porque me resistiera, sino porque estaba fuera de mí, entregada a aquel extraño; y mira que la Dubois me lo había advertido: «siempre he confiado en la amabilidad de los extraños». Pero no, yo nunca he aprendido.

Entramos a un edificio que ahora se me desdibuja y puede ser cualquiera de la calle San Rafael. Era romántica la escena, según imaginaba unas escaleras antiguas, profanadas, sin los trozos de mármol originales y los mosaicos que marcaban el ascenso. Me veía en sus brazos, raptada hasta un apartamento con muebles exquisitos y una lámpara de araña descomunal en el centro. Nos echábamos en la cama y yo miraba la enorme lámpara sobre mí, y le prometía que me iba a portar como una mujer, que no lloraría ni me quejaría cuando llegara el momento. El leve movimiento de la lámpara hacía juegos con las luces, que se repartían juguetonas por las paredes. Era una reina y aquella era mi corona. Había sido llevada al altar.

Me lanzó al rellano de esa escalera que había visto sin verla, y yo, la Dama de las Camelias, le extendí la mano para darle, con elegancia, tiempo de rectificar tanta violencia gratuita y de alzarme de una vez en brazos. Me dio con el cinto en la cara, entonces supe que no había tal apartamento, o quizás existía, pero lo bajo se haría por lo bajo, en el fondo mohoso de esa escalera, un tramo que daba a un sotanillo clausurado y que apestaba a cucarachas.

Comencé a temblar de miedo y gusto a la vez, sin darme tiempo de pensar. Abrió mi blusa en dos o tres empujones y el distintivo de mi uniforme saltó como si escapara. Me sentí más aliviada, ahora todo quedaba entre nosotros, sin miradas acusadoras. Mientras intentaba cubrir mis senos y, no sé por qué, buscaba el distintivo en el suelo, me levantó la saya y en cuestión de segundos metió sus dedos. Más bien sentía que era su mano entera, y todo él en la humedad que, delatándome cómplice de su violación, lo invitaba a seguir.

Me reproché por ceder. Muy tarde. Se me fue un gemido, y algo más, justo cuando él comenzó a tener unos espasmos que me parecieron lo más ridículo. Me tapó la boca, casi eyaculando… ¿Dentro de mí? Mi madre me había dicho… Le hice una mueca e intenté apartarlo; creo que entendió, porque se alejó un poco, y luego sentí la lluvia de semen en mi cuerpo, con tanta fuerza que uno de los tiros dio justo en mi frente, como una estrella. Gemía, bramaba frente a mí, disfrutaba las líneas de su semen en mi cara y los senos como el pintor que se aleja unos pasos del cuadro para deleitarse con un trazo, un color. Demoró en recuperarse y yo en creérmelo.

Después de tanta valentía, de entregarme a un desconocido, me sentí tan insegura, tan consciente de todo que estuve a punto de pegar un grito. Me calmó con una extraña caricia y dijo algo que no recuerdo, pero ayudó. Era una niña, cualquier cosa podía destruirme o salvarme. Todo se hacía más claro; el rellano no era tan oscuro, el semen se secaba en mi piel y en el suelo pude ver mi distintivo con la bandera y la firma del Che, pero ya no era mío. Dicen que cuando algo se te cae, es porque no te pertenecía o porque había recogido algo malo. Creo que fueron las dos cosas.

Me ayudó a abotonarme la blusa y noté el olor dulce, intenso de su semen. Pasó el dedo índice por mi pecho, como si revisara el polvo de un mueble, y antes de que lo acercara a mi cara, abrí la boca. Con parsimonia me introdujo el dedo mojado de semen. Todo cobraba sentido, se definía.

Salí primero, caminaba lentamente según me incorporaba

a la realidad, o me alejaba de ella. Después comencé a correr hasta mi casa. Temía que me estuviera persiguiendo y que una mano me halara desde la puerta de un edificio. No quería verlo más.

Pero lo hice. Muchas veces. Después de clases esperaba en el mismo sitio, contaba los minutos hasta que llegara el ómnibus. Yo solita le daba la mano antes de la parada. Cualquiera pensaría que era una niña tonta a la que aún llevaban a la escuela. Así fue durante mucho tiempo. Íbamos casi siempre al mismo edificio y debía aguantarme durante el camino para no morderlo, besarlo. A veces tenía prisa y no me quitaba la ropa. Simplemente me levantaba contra la pared y era como apurar un trago, pero mejor. Se me hizo rutinario verlo en las tardes, se convirtió en un reflejo condicionado, un dictado del cuerpo, una llaga abierta y supurante que jamás cerraba.

Luego se perdió. Tras una semana dejé de buscarlo. No tuve el valor de preguntarle a nadie. Pero me moría de ganas por salir corriendo a la calle como las madres desesperadas que pierden su niño en el mercado y gritan, comiéndose el viento de tanto correr, huyendo quizás de ellas mismas, de su insensatez.

Al año me lo encontré en el mismo ómnibus. La universidad quedaba en dirección contraria al instituto pero yo tomaba ese ómnibus algunas veces. No lo buscaba, repito, me digo una y otra vez a ver si me lo creo. Yo solo esperaba, así de simple, como se espera un cambio de estación. Entonces lo vi: el mismo tipo salvaje de pelo en pecho y ojos amarillos que me inquietaban. Había escuchado decir que las personas de ojos amarillos son traicioneras. Me tomó de la mano y le dije «tengo novio». Fue lo único que se me ocurrió, no pensaba en nada, para no variar, aunque ahora lo miraba con más precisión, y definiéndose ante mí, se borraba, alejándose de tal manera que el ómnibus parecía abrirse como dos vagones de un tren, y él se perdía detrás.

–Hasta San Rafael no pares, que tú eres mía –Me dijo.

–Tengo novio –Repetí, esta vez con la imagen de ese muchachito que vivía conmigo en un apartamento y que ya me había propuesto matrimonio y hasta un viaje a la India.

No le importó. A mí tampoco. Y apretó mi mano para que no quedara duda. Me dejé llevar por la nostalgia más que por su fuerza. Iba colgada de él, ligera, feliz. Sus manos me parecieron distintas. Todo él era una cadena de sorpresas. La escalera se veía intacta, aunque habían pintado las paredes con esa cal insoportable que se deshace solo de mirarla. La misma humedad empalagosa, los mosaicos de siempre, quizás uno menos, y esa entrada de luz mínima dibujando su silueta sobre mí.

Al día siguiente mi novio preguntó si podía cambiar el sofá de lugar, si a la izquierda se veía mejor porque tenía un tono de verde como el follaje del cuadro en esa pared, o a la derecha, «porque tenía Feng Shui». Le dije que por mí se lo ponía en la cabeza. No me aguanté. Ya que había soltado la lengua, le inventé que tenía un romance con un tipo que trabajaba en una panadería, y se quedó con la boca en *stand by*.

Nunca más me dirigió la palabra. Me dijo que no tenía la capacidad de amar, que mi cabeza dictaba la última palabra y no el corazón. Si supiera que se trataba de todo lo contrario… Dijo, entre tantas ofensas, que nunca podría enamorarme. ¿Qué había visto en mí? ¿Hasta dónde llegó a conocerme? ¿Cómo se atrevía a decir eso a quemarropa? A mí, que siempre he caminado con el corazón y no con los pies; a mí, llena de heridas y tropiezos por dejar que el corazón decidiera siempre. Estaba tan molesto, que solía decir a la gente que me había muerto. Lo del panadero fue lo primero que me vino a la cabeza. Nunca supe a qué se dedicaba ese hombre, además de tener sexo en las escaleras. Quizás era ese su trabajo.

Me hice adicta a una ruta de ómnibus. Siempre me sentaba en este mismo banco, y solía mirar a la gente pasar. Eso era suficiente. Hasta un día, hasta ese día en que no vino más. Aún siento que va a aparecer por detrás con su olor y su barba y me tomará de la mano.

# 6

Mi madre es psicóloga y mi padrastro está peor, es médico. Sí, ya sé lo que piensas: en casa de herrero, cuchillo de palo. Apenas les daba para vivir. Si tenían la esperanza de que trabajara en un restaurant o algo así, se vieron frustrados cuando me dio por bailar. Mira qué ironía: ahora los tengo como reyes, y todo con mi trabajo. Ellos sospechan lo que hago, pero nunca les dejo nada claro. Les digo que estoy en una compañía teatral. Soy muy abierta con ellos, pero hay cosas de las que no se habla. En el cabaret soy la diva.

¿Mi padre? Ay, niño, me vas a dejar seca con esta entrevista. Pero les prometí que iba a decirlo todo. Ojalá un día escriban una novela o una biografía de esas que le hacen a las famosas. Mi padre está muertecito. Era periodista y trabajaba en un periódico donde tenía una columna de lo más aburrida. Se pasaba la vida copiando y pegando textos. Solo cambiaban las fotos un poquito, como lo que se hace ahora con *Photoshop*, aunque a fin de cuentas la impresión era una mancha tan mala que no se sabía si era un viejo o un recién nacido, un hotel o un derrumbe.

Mi padre era un cabroncito y le gustaba tocarme de niño. Cuando estábamos sentados para comer, él se ponía entre mami y yo, y pasaba la mano por debajo. Me apretaba tanto el pitico que a veces echaba lagrimones en mi comida y ya no tenía que ponerle sal. Me aterraba decirle a mami lo que pasaba. Él era capaz de golpearla. Entonces yo habría sido capaz de matarlo y como no quería matar a nadie, me aguanté. Por eso digo que soy un machito, los dolores pasan por mí como si fueran cosquillas. Aguanto hasta el desmayo, pero no grito como una histérica. Eso no va conmigo.

Como eran tiempos del carajo y no había dinero para comer, ni papel higiénico, teníamos que poner hojas de revista en el baño; muchas veces ni revistas había. Me vengaba de mi padre poniendo el periódico en el baño para limpiarme el culo. Cuando él preguntaba por qué lo había hecho, con la cara como una guerra mundial, le hacía una sonrisita de pura ignorancia y decía, «ah, como no hay papel higiénico. Pero tienes razón, con la tinta esa en vez de limpiarte te llenas el culo de palabras».

Encima yo era tan inocente que no pude entender que había muerto. Lo encontré ahorcado y fui a la cocina a decirle a mi madre: «mamá, mamá, papá está levitando». Ella dejó los frijoles en la candela y fue corriendo al cuarto. Estuvo paralizada como dos minutos, mientras yo me convencía de que aquello era un milagro y mi padre era santificado. Lo único que nos hizo salir de ese letargo fue el olor a frijoles quemados y los gritos de los vecinos.

Ay, ya, vamos a dejar a los muertos, que si los tocas mucho vienen. Y a ese no lo quiero aquí. Todas traen sus muertos y sus brujos. Imagínate, el camerino está lleno de víboras, en el buen sentido de la palabra. Sí, ya sé, uno oye víbora y no hay manera de encontrarle el lado bueno. En este cuartico te encuentras muchas variedades de putas: bailarinas, travestis —una servidora—, cantantes y actrices. Las actrices no son lo que uno espera, en realidad la mayoría son feas, gordas y evangélicas. Tienen que ponerse un montón de maquillaje para arreglarse las jetas. Aquí las más bonitas, modestia aparte, somos nosotras, porque nos pasamos todo el día en pleno sacrificio. Que si la sombrilla para que no nos queme el sol, que si la cremita, que si el gimnasio, que si la dieta. Esto no es vida, pero qué bien se vive. Qué contradictoria soy, ¿no?

Mis amores, hay que joderse, porque estas niñas tienen que ensayar. Así que voy a proyectar más a ver si se me escucha con la balita. Oye eso. Esta Yiyiyi me mata. «Mentiste serenamente / y el telón cayó por eso. / Teatro, / lo tuyo es puro teatro, / falsedad bien ensayada, / estudiado simulacro.» Perdón, es culpa de esta Lupe, es un espíritu muy fuerte.

Con las demás siempre me ha ido bien. Yo a lo mío y ellas a lo suyo. Hay una que estudió conmigo en la secundaria. Yanelis. Buena pieza. Desde chiquita se le notaba que iba a ser puta, o que lo era ya, que con esa estrella se nace. Es como en las escuelas de arte, donde te dicen que ya uno nace con ese *algo* y lo que ellos hacen es desarrollar el talento. Sí, yo estuve en la escuela de arte. Fui bailarín. Por eso me queda la postura, la disciplina. Y claro, la soltura para el baile, bueno, y para todo.

¡Ay, pero qué lugar más bello! No dan ganas de salir, ¿eh? Me quedaría encerrada aquí. Afuera hay una jungla que ni la del pintor este, que no se entiende nada. Ese, Wifredo Lam. Ay, los chinos y sus cositas. Bueno, era una mezcla de chino con mulato; quizás no estaba tan mal. Perdón. Componte, niña, componte. Hay días que me despierto con un arrebato de alegría, así de gratis. Y eso que estoy escachada, me estoy poniendo vieja, como la bandera de Bonifacio Byrne: «deshecha en menudos pedazos». Pero yo, muerta de risa. Debo tener un corazón muy grande. O soy una tonta de marca mayor.

Feliz, ya te digo. No me cabe un alpiste. Otras cosas tal

vez me quepan, pero el alpiste feliz, ese no. Un sonajero, eso mismo. Cuando me tocan, me muero de la risa. Pero si me tocan bien. Hay personas muy desagradables por ahí, que se creen los dueños del mundo y te miran como si fueras un bicho. ¿No te ha pasado? A todo el mundo alguna vez lo han mirado con arrogancia, con odio. ¿Qué es eso? Con lo rico que es dar amor, entregarse.

No entiendo a los hombres, por eso me va mejor siendo mujer. Ellos me ven y se repugnan porque teniendo un falo no lo uso, o al menos eso creen. En el fondo les da tremendo morbo acostarse conmigo. Muchas veces entran desesperados a mi edificio, bueno, a mi cuartico del edificio de Reina, donde le pago una bobería a la de vigilancia para que no proteste. Ella es muy dulce; me da café y todo para que esté bien despierta, aunque le queda amargo. ¿Y sabes qué? La mayoría va a tocarme el rabo. Una piensa que las tetas, porque a fin de cuentas una es puta, pero a los hombres les llama tanto la atención poder tocar un rabo con la licencia de que se lo están tocando a una mujer… Es interesante. Hay una libertad desmesurada, y me la chupan, la acarician, la muerden, la escupen, la aprietan, si pudieran me la cortan –Lorena Bobbit mediante– y la ponen en un pedestal.

Mis amigas a veces me dicen que parezco una tortillera. Ay, hija, no se puede andar todo el día con tacones. Qué dolor hasta en el culo. Yo me pongo unas chancletas y ya está. Al que le duela, que tome su buen paracetamol, o talco, que es lo mismo, con la diferencia de que el talco huele mejor. Un momento. Oye, no te atrevas a ponerte mi peluca. No te me destaques. La pones en mi mesa ahora mismo. Fresca. La próxima vez me la pides, que yo te la presto. Disculpen. ¿Dónde me había quedado? Da igual. Y eso de las uñas larguísimas… No hay algo que me desespere más. Para agarrar una moneda puedes estar un siglo pinza que te pinza y nada. ¡Ay, no! «¡No, no y no, no te lo puedo creer!» Como canta mi Luz Casal. La adoro. Lo mismo con el tema del paquete. Qué importa que se me note. Todo el mundo sabe que tengo un rabo. ¿O no?

Me dicen la maestra porque tengo mis conocimientos. Muchas vienen a pedirme consejo, y a las que no vienen, me acerco a ver por dónde van esas cabecitas. Hay una aquí. Déjame ver si no la tengo detrás. Sí, no te rías. Me pasó una vez. Yo estaba entonadita, hablando horrores de una; le bajé todos los muertos y hasta dije de lo que iba a morir. ¿Y puedes creer que la tenía detrás? Quería que la tierra se abriera y me tragara. O que se la tragara a ella y así me evitaba los problemas. Ah, no viene hoy. Bueno, a esa una vez le canté las cuarenta. Me puse así, con las manos en la cintura, muy fina, y le dije: «En lugar de estar pintándote las uñas de rojo con el filo negro, de echarte cremitas para las manos, cremitas para los pies, cremitas para la cara y el resto del cuerpo, deberías ver las noticias, niña, a ver si te enteras de algo, porque estás desentendida del aquí y ahora. A ver si uno de estos días te atrabanca un negro. Ahí vas a saber lo que es bueno. Solavaya, qué fieras. A mí me cogió un negro una vez. Quedé inconsciente. Hasta ese día. Puesta y convidada. Por eso, niña, hay que estar bien despierta». Niño, y me ha dado una galleta... Después me enteré que tenía un novio que era un orangután, pero le iba bien con él. Qué cosa, tendría el culo más dilatado que nadie. Perdón. Bueno, perdón no, yo hablo así. Me dijeron que fuera yo misma. Pues bien, esta soy yo misma.

Que conste que a partir de ese día me he limitado un poco en las críticas. Me documento primero. Le doy la vuelta y no suelto números demasiado fuertes. Por suerte mis santos siempre alumbran el camino.

¿Sabes que tengo mi cosa de gitana? No sé leer la mano ni tirar las cartas. Pero te voy a dar un consejo, que es más truco que otra cosa. Te sientas frente a la persona y le agarras la mano. La observas un buen rato con seriedad. Ayuda mucho si entrecierras los ojos con cierto misterio y te mueves un poco como si algo te entrara en el cuerpo. Ahí le aprietas la mano. Te sacudes, te erizas y si quieres darle más fuerza puedes soltar un gemido. A mí me ha funcionado. Y a los que son malos, y lo saben, te lo quitas de arriba porque se van muertos de miedo. A las gitanas hasta el diablo les huye; son muy buenas. Yo debo tener una gitana. Hay días que despierto con una montada y me da por ponerme pulsos, collares y cantar en la ducha, en la sala, en el balcón y hasta en la calle. Por eso tengo a mi Lola Flores que me cuida mucho. Una muñeca más linda… Esa es mi diosa. Antes de salir le pongo un poco de colonia en los vuelos del vestido. Aunque no tenga colonia ni perfume para mí.

¿Ves, niño? Tú, que quieres desenvolverte en el mundo del cine. Mi consejo es que luches. No importa que te equivoques. Sin los errores, no nos damos cuenta de lo que hay que perfeccionar. Yo prefiero a los que critican bien antes que a esos que me tiran flores para salir de mí y evitarse los comentarios. Tú a lo tuyo. Esto no es jamón, pero se sale vivo de la tormenta. Lo mejor es levantarse cada día con música, y reírse hasta de las nuevas arrugas que te ves en el espejo. ¿Dónde está la Má Teodora, niño? ¿Tú sabes? Pues ella está en lo suyo, relajadísima. Rajando la leña, mi amor. ¡A bailar con la Má Teodora y que se acabe el mundo!

# 7

Arturo caminaba con su carro de basura. La calma le sentaba bien. Podía mirar la línea de la calle hasta el punto donde las aceras se unían, entre las luces de un semáforo. Hasta allí debía llegar. Luego podría regresar a casa.

Una mano le rozó el hombro. Vio frente a él a una mujer que llevaba una cesta con flores plásticas y un par de tacones dorados. Tras un silencio de pocos segundos, Arturo le hizo un gesto con la boca y entonces ella se movió.

–¿Una flor?

–¿Una qué?

–Una flor, mi viejo. ¿Estás sordo?

Arturo empezó a limpiar compulsivamente, como si pudiera barrer esa imagen.

Ella le hizo un gesto con las cejas en señal de desprecio y siguió de largo. Arturo la vio alejarse y bajó la mirada. Si no quería meterse en problemas, lo mejor era no enterarse de lo que ocurría, así le robaran el bolso a una mujer o mataran a alguien a dos pasos. No era tan fácil evadirse del mundo. Menos en La Habana Vieja, donde lo que hace la señora de la esquina ya es de tu incumbencia, como si conocieras a todos y todos supieran quién eres. Sabía que su vida, desde que se hizo obligatorio vigilar al vecino, jamás sería privada.

Lo último que vio perderse en la esquina fue el brillo de los tacones. Suspiró en calma y regresó a su limpieza. Quizás era buena idea meter la escoba en el carro y caminar hacia el punto de recogida. Una mano se posó en su hombro otra vez, ahora con una flor.

—¿De dónde saliste? —Se le escapó un grito. La agarró por el brazo en el que llevaba la cesta y la apartó.

—Déjame tranquila —Dijo ella.

—Lo que hay que escuchar. Parece que hubieran hecho una apuesta a ver quién salía con más plumas a la calle.

—Entonces ve a limpiar a otro sitio y déjame en paz. ¿Quién crees que eres?

Mientras se acomodaba una media, se fijó en un nuevo agujero a la altura del muslo derecho. Pronto no tendría modo de disimular todas las rajaduras de sus medias.

—¿Y tú quién eres? —Arturo recostó con cuidado la escoba en el carro de limpieza.

—Ay, no voy a hacerle caso a un viejo decrépito. Contigo

hay que tener reservas, no sea que empieces a dar órdenes; que los viejos como tú, aparentemente dóciles, con un tantico de poder en las manos, son terribles.

—Qué podría decir de ti...

—Si no te gusta puedes ir a limpiar a otra parte.

Arturo agarró su escoba como se le toma la mano a un viejo amigo y comenzó a tirar del carro. Ella levantó la mirada lentamente. Se notaba que había tocado fondo en algún momento de la noche.

—Solo quería hablar.

Arturo se detuvo, dejó a un lado el carro y se agachó a verla. Ella, más animada, le dio la mano para que la ayudara a ponerse de pie. Ella buscaba algo en su bolsito, sin reparar en Arturo, que esperaba alguna palabra. Al fin encontró un cigarro. Tras encenderlo, miró a Arturo y le esbozó una sonrisa que para ella valía como una disculpa. Él fumó también. Miraban al frente, a través de una ventanita con persianas de madera que dejaba ver un pequeño comedor. En el fondo, una señora fregaba los últimos platos.

—Limpiar esta ciudad no se paga con nada. Me miran con asco, me ofenden. La gente es malagradecida.

—Pues yo me dedico a algo parecido. Sí, termino hecha polvo.

—Ya le tocará a la noche revelarnos lo oscuro.

—Eres más raro… Pero hablas bonito.

—Estoy viejo para ofensas. Anda a vender tus flores, o lo que sea que vendas.

—Yo no vendo. Es que no puedo. Yo regalo flores.

—Encima eres idiota…

—Sexta.

—¿Sexta qué?

—Es mi nombre artístico. Sexta.

Sexta empezó a ponerse los tacones con cierta molestia. Él se fijó en las llagas que tenía en cada pie. Era preferible que siguiera descalza.

Intentaba no cojear, pero los tacones reincidían en sus llagas. Frente a él caminaba como si nada, aunque rabiaba de dolor. Se alejó con la cabeza en alto. Esperaba rebasar la esquina para bajarse de aquellos zancos y seguir su camino sin martirios.

Entonces Arturo comenzó a hablar.

—No te dije mi nombre.

Ella se detuvo sin darse la vuelta.

—¿Quién te dijo que me interesa?

En el fondo reventaba de la curiosidad. Él se le acercó, le puso una mano en el hombro y escogió una de las flores.

—Si supieras la noche que he tenido.

Ella comenzó a llorar. Él le habría dado algo más, de

tenerlo, pero solo le quedaba la basura. La empezaba a mirar con menos recelo.

—No suelo hablar con la gente. Solo medias palabras, lo imprescindible, como «permiso», «no me pises la basura». Cuando alguien se me acerca, como tú, trato de esquivarlo. Con los años me he vuelto arisco. Me tomó un buen tiempo darme cuenta. El único modo de sobrevivir es ebrio, inconsciente, o con guayabitos en la azotea. Así nada te puede hacer daño. De tan cuerdos, nos volveríamos locos. Te entiendo, Sexta. Me da igual que cantes *La Bayamesa* en clave de guaguancó, o que te pongas a cobrar peaje en el malecón.

Ella soltó una carcajada que le hizo olvidar el llanto.

—Todos piensan que estoy loco, y para alimentarles la imaginación, me dejo ver como un demente. ¿Sabes lo que digo? Que me llamo Luis de Góngora y Argote. A fin de cuentas no me interesa lo que piensen —Sexta lo miró con extrañeza—. Era un poeta español, que tuvo sus momentos buenos y malos, como tú y yo.

—¿Te puedo llamar Luis de Góngora?

—Argote, a secas.

—Ah, ¿como un argot popular? Uy, esto me recuerda al Quijote. Sí, no me mires así; he leído algunos libros. Bueno, ese no, pero vi la película. Eso de ponerse otro nombre y otra ropa, armar tu personaje ideal, ay, eso es lo mejor que podemos hacer. No me interesa saber tu nombre real, ni voy a decirte el mío, porque es de hombre. Argote y Sexta. Te ayudo.

Sexta se levantó, voluntariosa, se sacó los tacones y los colgó del carro de la basura, al igual que la cesta de flores. Un hombre fumaba en un balcón, viendo la escena. Ella agarró la escoba y comenzó a barrer compulsivamente. Tenía que relajarse de algún modo.

Arturo le quitó la escoba. Le costaba ver a alguien usar sus cosas. En poco tiempo habían limpiado la calle.

El hombre lanzó la colilla, pero ninguno vio la llama caer. Sexta encontró un trozo de revista. Era una *Sputnik*, de las primeras ediciones en llegar al país. Un número dedicado a líderes soviéticos.

—Estos rusitos, qué graciosos con sus cachetes rosados. Cuéntame esto… Maia…kovski. Con un nombre así, ¿cómo no va a tener cara de perro?

Arturo se detuvo a leer un fragmento de lo que parecía un artículo sobre el poeta ruso. La echó en la basura, para sorpresa de Sexta, que en ese instante se había fijado en el hombre del balcón.

—Piensa en el pobre Stalin, en lo bueno que fue al suicidar a Maiakovski. ¿Qué impresión se habrá llevado de Cuba? Llegaba a la isla con intenciones poéticas (que no proféticas). El mismo año de su visita a América, Julio Antonio Mella,

José Miguel Pérez y el viejo Carlos Baliño fundaron el Partido Comunista. El poeta pretendía enviar una carta a Einstein con dudas sobre la relación entre velocidad extrema y reversión del tiempo. Pensaba que la teoría de la relatividad lograría revertir la muerte. No envió la carta porque tuvo que volcarse a un arte panfletario que era escrito para decir con altavoces, desde los poemas hasta las comedias folklóricas. ¿Qué cara habría puesto Einstein? Stalin tenía mal gusto, pero notaba la diferencia entre ejército del arte y ejercicio del arte. Su sentido común le dejaba ver a dónde iba el señorito Vladimir, que por mucho decir a la gente que hiciera como Vlas y no como Tic, terminó devorado por los lobos, al darle a los mujiks un futurismo que no entendían.

–¿En serio eres barrendero?

Él se limitó a sonreír. Sexta se perdía en cada palabra de Arturo, que hablaba con la vista en el contén. Ella miró a un hombre en un balcón; le parecía conocido, pero no podía recordar de qué sitio.

–A Maiakovski había que congelarlo como a Prisipkin, y despertarlo cincuenta años después con su chinche al hombro, describiendo el nuevo mundo, donde nada ha cambiado. Muchas veces, sobre los hombros de algunos desmemoriados, habrán de posarse, no solo chinches, sino pajaritos, diablos y hasta ellos mismos en versión de bolsillo, en las tribunas, frente a los espejos, las cámaras, en las alturas, dictando dogmas, o simulando dolor por los fusilados. Y la inocente, por no decir estúpida Mujer Fosforescente seguirá tan ciega como siempre, encandilada con su propia luz, creyendo que el dos mil será un año de paz y libertades. Lili Brik pidió con mucha cautela algo de reconocimiento sobre la obra de su esposo, años después de su muerte. Y el muy elegante Stalin le besó la frente, fue «el más inspirado de nuestra era soviética». Las palabras no podían expresar lo que él quería, ni siquiera emborronando mil cuartillas. Después se olvidó de Maiakovski y mandó a recoger a los gatos negros para que no estuvieran en la calle, sobre todo en invierno.

–A otra cosa, mariposa. No entiendo ni jota, pero me divierte.

–Querido tavarich, no nos entendíamos, pero qué buena la carne enlatada para el hambre de trincheras.

–Querido tavarich… Tengo que dejarte ahora. Pero te voy a buscar.

Le lanzó un beso que Arturo esquivó con delicadeza. La vio marcharse con un paso ágil, y cuando dobló la esquina aún pudo sentir el cascabeleo de su bolsito.

Apareció entonces un hombre frente a él. Se miraron durante unos segundos. Arturo agarró su escoba con fuerza y el hombre comenzó a alejarse. Tuvo la sensación de que le quería preguntar algo.

Terminó de barrer esa calle y al guardar la escoba en el carro encontró los tacones dorados. Fue a la esquina por si la veía otra vez, pero no había nadie.

# 8

Gertrudis dejó el libro en la mesa de noche. Le faltaban unas líneas para terminar el séptimo capítulo. El cielo comenzó a nublarse. Se acercó a la ventana. La gente apuraba el paso, huyendo del aguacero inminente. En sus rostros se percibía el cansancio.

Volvió a acostarse y retomó la lectura. Entre línea y línea le acechaban las definiciones, los estigmas, las palabras que nombran y matan a la vez. Sin darse cuenta de lo que leía, se topó con las letras mayúsculas del capítulo ocho, ese número que siempre le sonaba a dos, a repetición y circularidad. Colocó el marcador y abandonó, resuelta, el libro.

Las sombras persistían, tercas, espesas dentro de ella. Si bostezaba le salía la noche por la boca, una noche incurable. Quería tener fuerzas para sacar las sombras. Pero ya se habían apoderado de ella. Sombras inmóviles, empantanadas. La primera lluvia. Los agujeros de las calles se inundaban de agua oscura; la mancha metropolitana que parecía suciedad de pueblo.

Se puso ropa cómoda y salió a caminar. Le gustaba pasar las manos por los muros, las vidrieras, las plantas, sentir las cosas y a ella misma. La calle estaba vacía. Al fondo, detrás de unos árboles, había una entrada con un cartel iluminado. Alguien salía y se alejaba del lugar. Se acercó a mirar el curioso cartel, pintado a mano y algo deslucido. Eso la invitó a entrar. ¿O fue un muchacho que se limpiaba la cal después de recostarse a una pared recién pintada? ¿Acaso fue la mancha, otra de tantas, que se extendía desde las bisagras de la puerta hasta el suelo? Pediría cualquier trago. Se dejaría llevar. Era una de esas pocas noches, después de convertirse en madre, en que prefería no tener juicios ni responsabilidades.

Un señor rasgaba unas notas en su guitarra. Nadie lo miraba. Gertrudis buscaba un cuerpo donde poner sus ojos. En algunas mesas había cervezas de los que habían ido al baño, de los que insistían en enamorarse. Sacó unas monedas y levantó la mano. Una muchacha le acercó una cerveza. No le dio tiempo a darle las gracias y ya tenía la mano sin monedas. El trovador la observó, ella le sostuvo la mirada y se dieron consuelo por unos segundos. Alguien pasó por detrás y la empujó. No se volteó, nadie le pidió disculpas. Todo quedó en el anonimato.

El peso de las luces, vagas, polvorientas, caía sobre el pelo de Gertrudis, que levantaba los hombros para arroparse. Con ambas manos sostuvo la cerveza como si fuera la última de su vida. Con suavidad llenó el vaso con el líquido que atentaba con burbujear si descuidaba el pulso. Se llevó el vaso a la boca, lo dejó ahí, sintiendo el olor refrescante y amargo. ¿Y si hubiera dejado caer el vaso, si hubiera hecho algo? Sentía que todo era inestable, ligero, que podía morir al cruzar la calle, lejos de su hija, de lo que realmente importaba. Esta noche pensaba más en ella.

El trovador dejó la guitarra en el suelo y se fue detrás de un teloncito. Era hora de salir. Qué caprichoso el tiempo, mordiéndole la sombra a todo. Llevaba dos días en Cuba y aún estaba en una burbuja. Apuró el final de la cerveza, su final feliz.

En la puerta, el trovador le pidió fuego a Gertrudis. «No tengo», le dijo. «Este martes toco en el Club Déjà vu», la invitó. «Ah, qué bien». Ella se alejó del bar entre los árboles que cubrían las fachadas de los edificios. Las luminarias eran tenues como la luz de las velas. Aspiraba a pulmón abierto aquella humedad tropical tan particular de la noche cubana. Recordó una canción de Portillo de la Luz, y todas las noches que La Habana le había regalado. Las noches de lluvia siempre eran las mejores. Se podía salir a la calle y caminar por una de las avenidas principales sin ver un alma. Sentía con más intensidad el olor de la tierra. El agua, furiosa, se había llevado los dolores, o al menos los había apaciguado y quedaban las grietas de los edificios como heridas frescas, espacios donde habitaría el musgo.

Alguien gritó. Gertrudis se detuvo sin saber de dónde venía el sonido. Era posible que se lo hubiera inventado, pero no tenía esa pesadez en la frente que la hacía odiarse por haber bebido, ni siquiera estaba mareada como para escuchar voces, mucho menos gritos.

Se acercó a la esquina. Un hombre gemía; pudo sentir los golpes. No debía ir. Esa costumbre de alejarse de lo que puede traer problemas la había aprendido desde pequeña, cuando en la escuela la maestra le pegaba a Luisito y ella debía mirar a otro lado para que no le pegaran a ella. A partir de esas lecciones, se había pasado la vida girando la cabeza de un lado a otro, o al cielo, para no atraer problemas. Huir siempre era lo mejor; no saber, escurrirse en silencio. Así nada podía hacer daño. Era parte de una educación de férreas directrices: «ese no es tu problema, si no sabes no te metas». De esta manera habían ocurrido los más variados horrores, mientras la gente observaba y seguía de largo. «¿Se puede tener el pecho tan vacío?», se dijo, con remordimiento.

Si se acercaba no pasaría nada. No quería problemas. Se

asomó por detrás de un muro y vio a un muchacho en el suelo, cerca de los contenedores de basura. Le estaban dando una golpiza entre cuatro; descargaban toda su energía en su cuerpo, que se encogía en el suelo. Sangraba por la boca y se había cortado una pierna con un trozo de inodoro junto a la basura. Quiso aguantar el impulso, pero se le escapó un grito y todos la miraron. Se abalanzó hacia él, sin pensar cómo lograría sacarlo de allí. A juzgar por los rostros de los atacantes, esta noche se llevaría una golpiza también. Lo abrazó y no dejó de gritar que era su novio, que lo dejaran en paz.

Los muchachos desistieron, pero antes de marcharse le dieron otro golpe al joven. Gertrudis lo ayudó a levantarse. Aunque era un muchacho delgado, era pesado y costaba moverlo. Cuando llegaron a la casa él comenzó a decir palabras inconexas, le preguntó a dónde lo había llevado.

—Es mi casa. Bueno, un alquiler.

—¿Quién eres; por qué estoy aquí?

Ella lo metió en la bañera y abrió la llave. No protestó ante el chorro de agua, que venía a ser un bálsamo después de la golpiza. Tenía el cuerpo anestesiado, aún en el trance del golpe intenso al dolor. Se entretuvo con la esponja y con unos caracoles que había en la esquina, y que a Gertrudis le parecían...

—Horribles.

—Mágicos —Levantó uno y lo dejó caer en el agua. Pasados unos segundos sostuvo otra vez el caracol y se lo metió en la boca.

—No te comas eso. Abre. Dame el caracol.

—La comunicación intercostal… neta.

—¿Cómo te llamas?

No respondió. La miraba como si leyera un mapa en su cara. El agua estaba fría, pero no se estremeció. La observaba detenidamente. Parecía que todo el desequilibrio encontraba un eje entre sus miradas. Gertrudis se acercó a su cara, quizás para besarlo, pero se quedó a medio camino.

—Levanta el brazo. No, el otro.

Hedía como si no se hubiera bañado en una semana. Le preguntó su nombre otra vez. Él miraba los caracoles.

—¿Qué haces? Mira, si no me ayudas vamos a estar aquí toda la noche. No sabía que era tan difícil bañar a un borracho.

Alguna vez tuvo que ayudar a sus amigas de regreso a la beca, y lo resolvía todo con el clásico cubo de agua fría, un par de bofetadas y a dormir la borrachera. Pero era mucho más fácil con ellas, además, nunca estaba sola, y se repartían las labores entre dos o tres a la hora de lanzar el agua, abofetear y tirar a la cama.

El muchacho vio el nivel del agua acercarse a sus tetillas, abrió los ojos casi desorbitados y gritó por temor a ahogarse.

NO ME HABLEN DE CUBA | Grethel Delgado

«Ya, ya pasó», lo calmó ella. Ya había pasado. Al menos lo peor. Le acarició la cabeza con actitud maternal. Él volvió a mirar entre sus piernas y se babeó. La saliva hacía líneas en la espuma y dejaban desnuda la superficie del agua turbia.

Después de varios forcejeos logró quitarle el pantalón encartonado de mugre. Todo olía a humedad rancia, a comida descompuesta. Tuvo que controlar una arcada, y otra, y en la tercera él le puso la mano en la boca. Desnudo parecía otro. La piel era tan blanca que se podía seguir el curso de sus venas. Una cicatriz le surcaba el pecho, primero fina, y luego abultada a la izquierda, cerca del corazón. Gertrudis se sentó en el borde de la bañera y con mucho cuidado pasó el dedo por la cicatriz. Al muchacho se le escapó un suspiro y Gertrudis, que tenía los ojos cerrados como si leyese en braille la biografía de su piel, pensó en las posibles historias de esa marca.

–¿Qué te pasó aquí?

–¿Qué te pasó aquí? –Dijo en el mismo tono.

–La cicatriz. ¿Cómo fue?

–Alguien quería saber cómo era mi corazón.

–¿Y le gustó?

–¿Y le gustó? –Volvió a copiar exactamente la frase de Gertrudis, a lo que ella reaccionó frotándole con fuerza la espalda.

74

—No te muevas tanto.

—No le gustó mi corazón. Era una comunicación... intercostal... Le gustó hacerme una herida. Y después se fue.

—Bueno, a todos nos han herido alguna vez.

Gertrudis tuvo deseos de meterse en la bañera, entre el olor a humo y alcohol. Él babeaba sobre la espuma. Acercó a tientas una mano al pecho de Gertrudis para hurgar en su blusa. Ella le dejó hacer. En pocos segundos encontró su seno derecho, que acarició con inusitada suavidad para estar borracho, o drogado, o las dos. Le temblaban las manos, le temblaba todo el cuerpo. Parecía un bebé que agarraba su teta. Ella le sostuvo la barbilla, lo obligó a mirarla mientras se zafaba los botones de la blusa.

—Una furosemida —La saliva colgaba aún de su boca hasta las esferas tornasoladas de espuma.

—Cállate. Te hace falta un café.

Entonces ella sintió ese olor penetrante, justo cuando él comenzaba a estar medianamente limpio, y el agua se enturbió como un café con leche. Se había defecado, disfrutaba la sensación de esa materia que se disolvía en la bañera. Sin saber qué hacer en los primeros segundos, ella lo abofeteó, llegó a la puerta, regresó y luego se abalanzó hacia él, que se protegió la cara para que ella no lo golpeara otra vez. Gertrudis se arrepintió de haberlo golpeado. Quitó el tapón de la bañera, ambos se quedaron viendo cómo el remolino color tierra dejaba solo unas marcas de espuma.

—Una furosemida.

—¿Para qué? —Abrió nuevamente la llave, ahora con el agua más caliente. Él le puso una mano en la nuca y la acercó lentamente hacia él.

—Ahora me siento mejor.

Gertrudis se dejó llevar por la fuerza de la mano que le apretaba la nuca y tiraba de su piel como se agarra a los perros de raza. Se metió en la bañera y comenzó a besarlo con ansiedad. Su boca hedía, eso le excitaba, le hacía besarlo con más profundidad, entregada al acto de meter su lengua en aquellos espacios húmedos y viscosos. Terminó de quitarse la blusa, sin apartarse de su boca, mientras él amasaba con más libertad sus senos.

—¿Te acuerdas de mí? —Dijo con inesperada sobriedad.

Ella se apartó bruscamente de la bañera y comenzó a detallar ese rostro desmadejado en busca de alguna coincidencia, de un chispazo revelador, de aquel muchacho que se le había perdido entre las manos como un terrón de azúcar en plena humedad de verano. No había nadie allí, y nunca lo hubo. No encontró los posibles rostros en el suyo, y de tanto fruncir el entrecejo la luz comenzó a molestarle, las cosas daban vueltas sobre ella, dentro de ella, en medio de la risa estrepitosa del muchacho que ahora gritaba:

—¡Una furosemida!

—Deja de pedir una furosemida. ¿Qué te metes, eh? ¿Cocaína?

—¿Por qué me trajiste?

—Encima eres malagradecido. Te estaban moliendo a golpes, cabrón, y me preguntas por qué te saqué de allí.

—Ya me mataron; no importa.

—Estás vivo, muchacho.

—No me digas lo que tengo que hacer. Estoy cansado de que me den órdenes. Este cuerpo es mío.

—Como quieras. Solo quería ayudarte. Y sí, me recuerdas a alguien.

—¡No soy nadie! ¿A quién buscas?

Quiso preguntarle quién era, pero el muchacho miraba los caracoles y parecía cantar algo en su tropeloso lenguaje. Dejó caer su cabeza en el muslo de Gertrudis y extendió el brazo como un Marat sin carta. Ella se vio tentada a acariciarle el pecho cubierto de pelo, donde el agua y las burbujas simulaban caminos de raíces traslúcidas. Su mano descendió por su abdomen hasta llegar a su pene, que para su sorpresa se erguía erecto, con la fuerza y la sangre que faltaban en el resto de su cuerpo. Se pegó un susto al sentir la mano del muchacho otra vez en su nuca.

Gertrudis temblaba. No hacía frío pero estaba mojada y con el pecho descubierto. La atrajo hasta su pecho y cuando ella empezó a besarlo le hundió la cabeza en el agua y le introdujo el pene en la boca. Ella comenzó a chupar, a morder. Él presionó con más fuerza su nuca impidiéndole sacar la cabeza. Entonces ella lo golpeó y el pene a su vez golpeaba en su garganta con unos espasmos. Gertrudis tuvo una arcada, intentó apartarse pero él le tiraba del pelo y le hacía chupar lo que para ella se había convertido en una monstruosidad palpitante. Con mucho esfuerzo estiró una mano y levantó el tapón de la bañera. Hizo un último intento por sacarse el pene de la boca cuando el inminente y rabioso vómito salió a borbotones. Él se retiró, ahora más excitado, hasta dejar el pene ligeramente apoyado en sus labios, como se apoya un cigarro en el borde del cenicero. Siguió masturbándose y el semen empezó a brotar tímidamente. Sin darle tiempo apenas para limpiarse la cara, le introdujo el pene otra vez y ella sintió cómo su boca se inundaba de esa sustancia cremosa que vendría a neutralizar la acidez del vómito.

Todo había ocurrido de modo inconexo. Ella solo había visto una mano, había sentido el agua en su nariz, pero no tenía fuerzas para más. Se habían mezclado sus recuerdos inmediatos con nuevas imágenes, y aunque el muchacho dormitaba en la bañera ella lo vio levantarse y caminar hacia la puerta. Afuera esperaban dos hombres que no vacilaron en entrar y agarrarla. La arrastraron a empujones. Gertrudis luchaba por apartarlos, ante la mirada del muchacho, que se había despertado por los gemidos.

Gertrudis fue lanzada a la bañera junto al muchacho, que resolvió salir de allí cuanto antes. La miraba patalear y revolverse en el agua con los ojos desorbitados y la boca abierta.

El muchacho se acercó a ella con cuidado y la escuchó murmurar. Levantó bruscamente la cabeza y él se apartó para evitar que ella, en otro arrebato, lo golpeara. Gertrudis no sabía si aquello era una pesadilla, pero al salir poco a poco de ese estado notó que tenía el labio roto. Vio al muchacho recostado a la pared, siguiendo cada movimiento que ella hacía. Limpió la sangre de su labio y estiró su brazo hacia él para que la ayudara a salir de la bañera. Solo estaba segura de que no probaría jamás algo como lo que le había sacado al muchacho del bolsillo.

Gertrudis buscó una toalla en un armario y se la puso sobre los hombros. Él le quitó la toalla y se dedicó a secarla. Dejó que el muchacho la acariciara con la felpa amable. Se veía muy débil. Lo dejó un momento y fue a la cocina en busca de unas galletas de vainilla que había comprado esa mañana. Se las dio una por una mientras él abría la boca con la ansiedad de un niño que aún no ha tragado su puré y ya está pidiendo más. El alma le volvía al cuerpo.

El muchacho se lanzó a la cama y se quedó inmóvil. Ella lo cubrió con la manta y aunque lo zarandeó varias veces para que se moviera a un lado, no reaccionaba. Parecía muerto.

Lo dejó en el cuarto y fue a la sala a buscar un cigarro. Esa tarde había visto esos cigarros que le traían tantos recuerdos, buenos y malos, aunque esta noche se concentraría en recordar los buenos. La memoria era muy jodida: todo estaba allí, imborrable; al menos podía elegir las mejores partes y revivirlas. Esa palabra, que parecía incluso mejor que vivir por el *re* que acentuaba esa acción, no era más que un fantasma de esa tarde frente al espejo inmenso del cine Acapulco, donde vio a un muchacho que salía con una caja de esa marca. No pudo evitar seguirlo con la mirada, hasta que él se puso el cigarro en la boca y lo encendió con la maestría de quien lleva años fumando. Al salir fue al quiosco más cercano y compró esos cigarros.

Se sentó en el borde de la ventana y abrió la caja, no sabía con exactitud cuántos años después, pero ahora esa distancia se había borrado en su mano, entre los dedos índice y medio, encandilada con el fuego que dejó abierto, como si el fuego mismo le diera unas caladas al cigarro antes que ella. Se preguntó qué sería de este muchacho. Su cabeza comenzó a pesarle, quizás un resultado de los efectos de aquella cosa que había probado sin importarle qué era.

Pensó en varios desenlaces para ese episodio mientras se recuperaba y las voces comenzaban a apagarse. ¿Cómo sería la despedida? ¿Qué le diría? Su nombre no, seguro. Se sintió incómoda, recordó de golpe todo lo ocurrido y enterró con molestia el cigarro en un cenicero. ¿Había perdido la cabeza? Tenía responsabilidades, una hija, no podía andar como antes. Ya no era la de antes. No supo a dónde mirar, cómo salir de aquella situación donde ella misma se enjuiciaba con severidad. Vadeó en distintas direcciones: las paredes recién pintadas de un naranja salmón, unos cuadros amontonados en el centro de una pared rugosa, el televisor viejo que tenía más adornos encima que una carroza de carnaval, las cortinas rojas, el suelo de mosaicos… Todo le parecía vomitivo. Miró al cielo. Estaba espesamente negro, y le pareció hermoso, no contemplar la noche, sino que la noche la contemplara a ella.

Juntó fuerzas para entrar a la cocina y preparar unas tostadas. Un café no estaría mal. Y él… Lo echaría bien temprano. Faltaban pocas horas para que amaneciera. Dejó todo listo y fue al cuarto a revisar que todo estuviera bien. Preparó un viejo remedio que se había instaurado como tradición familiar en los años noventa: la cola francesa. Esa bebida especial no era más que agua con azúcar morena, pero su padre le llamaba cola francesa para hacerlo elegante al oído. No solo le puso este nombre estilizado al agua con azúcar; lo hizo además con el pan con aceite y con el picadillo texturizado, aunque este último ya tenía un nombre raro, difícil de digerir en todos los sentidos. Preparó su bebida y colocó el vaso sobre un plato. A paso lento, para que no se desbordara el líquido que se levantaba como un pecho de mujer, caminó por el pasillo hasta el cuarto. Empujó la puerta con el pie. No lo vio.

Después de unos segundos se sintió aliviada. No tendría que verlo más. No quería más preguntas o situaciones como la del baño. Ahora necesitaba curarse de todo aquello, hacer una limpieza en cuerpo y alma, y la mejor manera de comenzar fue beberse la cola francesa, que a ella se le antojó su Coca Cola del olvido. A ese muchacho tendría que olvidarlo, pero estaba segura de que no iba a lograrlo por más que lo intentara. No iba a lograr que las cosas cambiaran. Él le había dado, después de todo, una buena lección: su isla era un muchacho herido que no quería ser salvado. Pero tenía que haber una esperanza. Siempre hay una. Aunque ahora no veía la luz por ninguna parte.

Se dejó caer en la cama, hastiada de su ingenuidad, de la ligereza que la había despojado de juicio. Tenía tantos deseos de enamorarse que se lanzaba desnuda contra los cuerpos, desarmada, o más bien desalmada. Pero sólo había carne y relojes huecos detrás de esos muchachos tumbados en la hierba húmeda, con sus sexos como obeliscos inevitables, sagrados templos frente a los que arrodillarse. Quiso entrar en todos, estar bajo esas pieles que también eran ella misma. Pero nada ocurría. Le aterraba pensarlo, todos los cuerpos estaban vacíos. Un pez se había comido una isla. Todos los hombres terminaron en medio del enorme estómago. Olvidaron la verdad de la que habían muerto. ¿Qué pensaba? ¿Habían muerto? ¿Cuándo se vaciaron? No podía ser. Nunca había podido salir ilesa, sin marcas donde posar los dedos y decir más tarde «esto lo viví, así me equivoqué». Muchas palabras y hasta el alma perdida en el camino para notar que a fin de cuentas no había nada.

Nunca había estado tan convencida. «Los hombres te dejan sola», pensaba. «Muy sola. Entregas todo, parece que te van a hacer feliz, o al menos piensas que podrías compartir con ellos media vida, y toda la vida si te ilusionas más. Pero no es así. Siempre hay un punto donde se va la magia por la alcantarilla. Una palabra, un gesto es suficiente para que caven su propia tumba.» Pensó que podía explicarse, hacer que la entendieran, pero solo conseguía estar más sola, y le costaba dejar que alguien se acercara en ese juego de máscaras tan tedioso.

Con esos pensamientos se abrazó entre la sábana y las almohadas, hasta que el sueño la apartó de ese tiempo y ese lugar.

# 9

A su paso levantaba las hojas secas, algunos papeles y colillas de cigarros. Repetía automáticamente la acción de barrer y levantar el recogedor hacia el latón de basura. Pensó cómo sería su muerte, en medio de una calle desierta, con la mano en el pecho, quizás, tirado en el último montoncito de basura que había apilado. Al menos le serviría de almohada.

–¡Argote! –Arturo se volteó hacia el sitio del que salía esa voz–. Soy yo, Sexta.

–¿Tú otra vez?

–Ayúdame –Le suplicó Sexta.

Arturo se acercó. A medida que llegaba definía más a Sexta, con su bolso entre las piernas y la falda rota. Estaba recostada en una escalera en la entrada de un edificio.

–¿Qué hiciste ahora?

–¿No ves que me hicieron mierda?

Con mucho esfuerzo levantó a Sexta. Gemía cada vez

que Arturo la tocaba, sin saber por dónde agarrarla para que no le doliera. Puso una tabla en su carro y recostó a Sexta encima de ella.

–Sálvame –Dijo en un susurro.

–Eso hago. El hospital más cercano…

–¡No! A cualquier parte menos a un hospital o a la policía.

Arturo empujó el carro, resignado, hacia su casa. Sexta entró lentamente. Dio unos pasos por la sala, miraba los techos, los adornos, y se acercó al pasillo que llevaba a la cocina y los cuartos.

–Qué casona. Si le das una mano puedes alquilar.

–Se cae a pedazos como yo.

–¡Una Aurika! –dijo Sexta, que se había asomado con dificultad por la puerta de la cocina–. Disculpa, soy una fresca.

–Casi no la uso. Las tuberías están oxidadas y con salideros. Solo puedo sacar agua de una llave en el patio. No hables más y siéntate.

–Qué nostalgia. Las lavadoras de la Unión Soviética. Me relajaba cuando la ropa daba vueltas y se retorcía en aquellos armatostes. Ay, la cabeza me va a reventar.

–Te dije que no hablaras tanto. Ojalá no tengas un trauma. La cabeza es tan delicada…

Arturo quitó una alfombra que tenía encima de un butacón. Miró a Sexta, invitándole a sentarse.

—Y la mía es delicadísima —dijo antes de tomar asiento—. Tengo que andar al hilo, porque no está muy bien que digamos. Aquí hay un muerto.

—¿Qué?

—Un espíritu, alguien. No te asustes, es normal. Se cuelan en la casa porque no han sabido irse a donde deben. ¿Quién vivía contigo?

—Desde que murieron mis padres vivo solo.

—Qué raro. Dale luz a ese muerto para que salga. Está perdido y tienes que elevarlo. Es fácil: le pones flores y le enciendes una vela. Lo calmas o te vuelve loco. La semana pasada una mujer que vivía cerca de mi casa se dio candela. No le puso asistencia a un muerto. ¿Qué hizo el muerto? La desquició. Su hermana dijo que estaba viendo la televisión y que ella le pasó por detrás, le dijo que iba a tomar agua, y se encerró en el baño. Al rato salió ardiendo como una antorcha. Vete a saber si el muerto era pirómano; siempre hay una relación.

Se escuchó un ruido que hizo vibrar las paredes. Sexta se llevó la mano al pecho e hizo por levantarse, pero el dolor no le permitía moverse tanto.

—¡El muerto! Ay, lo siento, se me fue. ¿Eso es un reloj?

—Era de mi abuelo. Cada vez hace más ruido, pero estoy adaptado.

—Hay que tener nervios de acero. ¿Te puedo hacer una

pregunta? Con tantos libros y por la forma de hablar, hay algo que no me encaja.

–Ya era hora. ¿Tanto se nota? ¿O es que no sé barrer bien? Era profesor de literatura en la universidad.

–Arturo Méndez, ¿no?

–¿Cómo?

–El título en el pasillo, eres tú.

–Buena memoria.

–No, hijo, que soy chismosa.

–Me dieron dos opciones: reasignación laboral o jubilación.

–¿Por qué te castigaron?

–Una conferencia sobre Vargas Llosa, y un ensayo literario en una revista francesa.

–¿Y ya?

–Una vez que te marcan es terrible, vas con la letra en la frente, calimbado hasta el tuétano. A veces alguien me reconoce: un antiguo alumno, o un colega. Hablamos de cuando éramos jóvenes, a finales de los setenta, de alguna reunión en que el rector no se había dormido y parecía interesarse por uno de los tantos casos de expulsados por usar jeans o el pelo largo. Luego se va, y me dice un inspirador «cuídate», como si estuviera enfermo.

–Me pasa algo parecido en el cabaret. Si alguien me reconoce, lo cual es difícil entre tanto maquillaje, me muero.

—Lo que más me dolió fue la reacción de los demás profesores de la cátedra.

—Uno está muy solo, Arturo.

—No me has dicho por qué te llamas Sexta.

Sexta observaba los detalles de la sala, el polvo almacenado por años en las esquinas, en las molduras del techo, las lámparas. Era evidente que Arturo vivía solo y limpiar La Habana no le dejaba tiempo para su casa.

—Si no fuera por ti, aún estaría en esa escalera. Me llamo Enrique. Esos nombres extravagantes de La Reina, o Imperio, Joya, Pasión, me parecían demasiado falsos. Bueno, cuando vivía con mis padres nuestro apartamento era el seis, después, en el preuniversitario no me dieron la carrera de Psicología porque quedé en el sexto lugar del escalafón. Lo último fue en el hospital. Tomaba pastillas anticonceptivas, por las hormonas, para que me crecieran las tetas... La única solución era la silicona. Cuando reuní el dinero me puse las tetas. Había una lista de consultas, y la de mi doctora era la sexta. Ya eran muchos seis para pasarlos por alto.

Sexta se fijó en una de las pinturas con unos monjes en la bodega de una iglesia.

—Esta casa debió ser preciosa en su tiempo.

—No solo la casa, toda La Habana tenía magia. En las noches había mucha luz, se podía decir que era la ciudad luz de América, de hecho la llamaron Las Vegas del Caribe. Las calles olían a paquete recién abierto. Le pedía a mi madre que me llevara por la calle Reina, Neptuno o la calle Obispo, solo para ver las vidrieras. Caminaba rápido, de forma que las vidrieras se convertían en fotogramas, en una película de maniquíes y perfumes. Si me quedaba embobado frente a una tienda, enseguida salía un dependiente con una sonrisa de oreja a oreja para invitarme a entrar.

—Ahora entras a la tienda y ni te miran...

—Lo que más extraño es la limpieza. Fíjate que si alguien se agobiaba mucho por algún asunto le decían «más grande es La Habana y se barre todos los días».

—Qué gracioso. Bueno, pero tú la barres casi todos los días, ¿no? —Dijo Sexta, mientras se pasaba la mano por la frente.

—No te toques; se puede infectar. Bueno, Sexta, esta ciudad necesita algo más que un viejo dando escobazos. –¿Quién te hizo eso?

—Ahora no.

—Esta casa tiene muchas historias —dijo rápidamente, para echar tierra al tema—. De niño tenía una tata llamada Alejandrina. Era una negra bonachona y me cuidaba con más ternura que mi madre. Hice que mi padre me comprara un bongó. Me llevó a la Casa Blanco en la calle Monte, una tienda de instrumentos musicales, y de ahí salí con el bongó. Quería darle conciertos a mi tata Alejandrina.

–¿Qué pasó con el bongó?

–Gracias al bongó me convertí en una figura pública. Desde los dos años mi tata me llevaba a pasear en el tranvía que pasaba por la calle 17, y me hice amigo de Bolo, el motorista del tranvía, que era bolitero y decía ser mi padrino. En la esquina, junto a la bodega, todos me conocían porque bailaba mambo. Los choferes de la piquera de la esquina, Tomás, Manolo y Cándido, me decían «esqueleto rumbero». De la barbería venían Roque, Miguelito, también el limpiabotas, Centella, Marcelino, el jardinero del barrio, un españolito medio alcornoque, me gusta esa palabra, y hasta Marcial, el dueño de la bodega. Hasta que un día otro vecino, Livio, me hizo el diploma de «Arturito, el Rey del Mambo».

–Debe ser Alejandrina.

–¿Qué?

–La muerta que anda por aquí. Dijiste que vivía aquí.

–Sí, todavía está la mesa del altar de santería.

–Esa misma es. Y más si le daba a la burundanga. Te está cuidando.

–Con razón los guardias no entraron a su cuarto.

–¿Vino la policía?

–En los cincuenta. Mi padre apoyaba al movimiento 26

de Julio y al Directorio Revolucionario. Podían venir dos y tres veces a la semana a hacer inspecciones. Recuerdo verlos desde la ventana. Los señalaba y decía: «mamá, otra vez los guardias», para que a ella le diera tiempo de abrir todas las puertas, mientras yo iba a abrir la puerta de entrada, así no la rompían de un culetazo. Subieron al cuarto de Alejandrina. Al ver el altar, se limpiaron los zapatos en el suelo y no entraron.

—Esta casa tiene buena carga entonces. ¿Tu padre era clandestino?

—Sí, pero se mantenía a raya. Era tesorero de la Joven Cuba, y si había problemas, escondía a los heridos en la casa, pero no salía a dar tiros. Un día vino a casa José Antonio Echeverría, "Manzanita", como le decían. Se le cayó el cargador de su pistola y se regaron las balas. Niño al fin, me lancé a recogerlas como si fueran de juguete y me dijeron: «muchacho, vete de aquí, que nos vas a buscar un problema». Un día llegó Faure Chomón con una bala en una nalga para que mi padre lo atendiera. A veces venían muy golpeados. Sexta, no te toques la cabeza.

—Es que se me olvida. La cabeza, no la herida. Estoy tan descuajeringada que si me siento en un portal la gente es capaz de darme ofrendas para San Lázaro.

—¿Me vas a decir qué te pasó?

—Faltaba una hora para entrar al cabaret, así que me fui

a un bar. Un trago para calentar motores, ya sabes. El bar quedaba en un callejón y se llamaba El Callejón. Me senté en una esquinita de lo más tranquila a tomar mi trago. Pero vi a un tipo y...

–Lo típico.

–Bueno... no. Bebimos cerveza y él hizo dos o tres comentarios. Lo vi mirar para el fondo a otro hombre cerca de la puerta. Enseguida me olí lo que pasaba: querían fiesta de tres. Yo solo quería irme al cabaret. El otro vino y me levantaron a la fuerza y me arrastraron. Nadie hizo nada. Me sentí impotente, una basura. Me lanzaron dentro de un carro, creo que era un Lada, con seguros especiales. Hubiera dado cualquier cosa por saltar de aquel carro. ¿Puedo darme un trago?

–¿Eran policías?

–Claro, o militares, que es lo mismo. Me dieron por todas partes, y lo hacían con rabia, más molestos que excitados. Yo gritaba, gritaba, pero al parecer aquella casa estaba en medio de la nada. Se aburrieron de hacerme todo lo que se les ocurrió, me pusieron el trapo en la cara y me montaron otra vez en el carro. Me dejaron cerca del callejón otra vez.

–Tienes que hacer algo.

¿Denunciarlos? Ay, mi niño, ¿dónde tú vives? Antes hacía denuncias. Tenía que aguantar que los policías se rieran de mí. Yo hablaba como un papagayo y el de la recepción hacía como que tecleaba frente a la pantalla, hasta que me di cuenta de que no apuntó nada, porque vi en una puerta del fondo el reflejo de la pantalla. Jugaba al solitario. Ahí me quedé, haciendo un monólogo, soltando lágrimas frente a un desalmado que pensaba en poner un cuatro de trébol debajo de un cinco de diamantes. Era algo así como desgañitarse en un casting a moco tendido cuando el director ya tiene a la actriz elegida.

—Si sigues así un día vas a acabar muerta.

—Esta es la vida que elegí. Al final uno muere hasta de disgusto. Mi vida es el cabaret, la noche y los hombres. De ahí no me saques, que no sé nadar más profundo.

# 10

Me perdí en la ciudad que solía conocer. Caminar por Miami es un trámite, pero caminar por La Habana es ir en otra dimensión. No quise preguntar a nadie y caminé hasta donde me dejara el cansancio. Esa mañana me había despertado un vecino con Radio Reloj a todo volumen. Qué nostalgia más agradable... Me hizo recordar a mi padre, que siempre escuchaba esa emisora en las mañanas, del cuarto a la cocina, mientras vigilaba el café, de la cocina al baño para no perder la noción del tiempo cuando se afeitaba, en el balcón, al lado del perro. Chicho. ¿Qué fue de Chicho? ¿Aún lo tendría la vecina? Soy pésima con los nombres. Me acuerdo del perro pero no de la vecina. ¿Marta, Mirta, Miriam? Da igual. Me ponía ansiosa con el sonido del secundario en Radio Reloj y la manera de dar las noticias, como si los locutores tuvieran un cuchillo en el pecho.

Pero hoy me he levantado feliz. Salí a la calle con una

sonrisa de oreja a oreja y no me importó que la gente me viera riendo sola. Qué más da. Una nace y muere sola. También tengo derecho a ser feliz sola.

Las calles me parecen una escenografía. Se ve todo tan irreal... Los mismos Chevrolet y los mismos Pontiac destartalados, pero se ven como una imagen que de rozarla con la yema de los dedos podría descomponerse. Todo huele igual; eso sí. Especialmente en las mañanas, después del rocío que es un aguacero de tanta humedad. Por eso las fachadas de los edificios se despintan en un abrir y cerrar de ojos. Comienzo a ver calles familiares. No estoy tan perdida después de todo. La cafetería. Qué horror: está igualita. ¿Seguirán vendiendo ese pan con pasta que era un dolor de estómago nada más verlo? Es posible. Esas cosas perduran. Llegué tantas veces muerta de hambre que el pan me sabía a gloria, o a pan, que era mucho pedir. No, mejor no entro. Me podrían reconocer. Los saludos, las preguntas, dónde había estado, la obligación de comprar un pan con pasta, o un refresco instantáneo.

Mira eso. Pobre Martí. La industria ha caído muy bajo. Inundan la ciudad bochornosas variantes del busto con esos cortes casi a la altura de la barbilla, de un plástico traslúcido, que a pleno sol, en los patios escolares, se deforma en imágenes grotescas. Desaparece lentamente, travestido, haciendo muecas debajo del plástico. Martí debe estar retorciéndose en la tumba a más no poder.

Camino hacia el mar. He encontrado un atajo que solía tomar con Enrique. El día que me trajo yo no dejaba de protestar porque teníamos que agacharnos cada dos por tres para no tropezar con las cabillas que salen del techo. Míralas. ¿Quién me diría que iba a echar de menos unas cabillas oxidadas? Pero no son las cabillas, claro. Es Enrique, y más, soy yo misma que quiero recuperar el tiempo. Estar lejos o cerca de casa es relativo. Nunca había estado tan lejos, y así, demorada en el acto de llevarme la manzana a la boca, mientras leía un periódico o revisaba mi correo, recordé el día en que mi hermano me lanzó un tomate por la cabeza, o aquella vez en que le dio por tirar huevos contra una casa y después mamá tuvo que ir a limpiar aquellas persianas de cedro pintado de azul. Qué tristeza más grande cuando la vi de rodillas pasando un paño por cada tablita. Todo es relativo, y lo que hoy te espanta mañana puede seducirte.

Ahora estaba en lo que se suponía era mi casa, mi país, y me sentía aún más perdida. Esto ya no era mi casa. Ni aquello. Sentía miedo de darme de bruces contra un vacío de palabras. ¿Dónde quedó el mar? No lo podía creer. Habían hecho un muro y ni siquiera a saltos podía ver el mar. Tuve que dar la vuelta y buscar otra salida. Esto me pasaba por ir siempre tan lánguida, a un palmo del suelo, deslizándome por la vida. Siempre en la luna de Valencia, haciendo como que no veo. Ahora, de golpe, llegaban todas las emociones: frente a mí, inagotable, el mar.

Pasé casi una hora sentada en el muro del malecón. Alguien había arrojado un dulce y una línea de hormigas lo inyectaba, mientras el merengue adelgazaba milimétricamente. No entiendo el camino ciego de las hormigas, tan ensimismadas que al toparse con otras se confunden, y con la idea fija en un dulce, solo se preocupan por seguir adelante, aunque no sepan adónde, adelante, adelante, sin percatarse de las otras. Tantas historias se pierden en esos tropiezos sin profundidad, sin desarrollo.

Regresé al centro de La Habana. Sin querer pasé dos veces por la misma calle. Era incapaz de caminar dos cuadras sin ayuda de *Google maps*. Entonces comprendí qué me había llevado a esa escalera. Sabía que me resultaba familiar, pero no entendía por qué. Era de caracol, sin barandas, sobreviviente en un edificio del siglo XIX. Me sorprendió ver a un niño descender por ella, a punto de caer con cualquier estornudo. Iba con un tanque plástico lleno de agua. El niño bajó en cuatro brincos, indolente con la longeva escalera, y al caer de un salto frente a la puerta me miró. Ay, qué extraña sensación. El niño de pie frente a mí, con sus bracitos flacos y su pelo encrespado. Alguien gritaba afuera; un hombre vendía ambientadores y yo no sabía cómo quitarme este niño de la cara. Tantas veces me había encontrado con él que ahora no lo conocía. Era un niño viejo, que había visto esos ojos antes, pero no lograba precisar si era real o me lo inventaba. Bajé la mirada y en contra de mi voluntad comencé a alejarme del niño, que nunca se movió. Todavía debe estar ahí, petrificado como los recuerdos.

Llegué a otra calle, muy estrecha, en la que solía tocar las paredes al estirar los brazos. Lo hice. No me importó que me vieran. No había nadie cerca, de todas formas. Más adelante había un quiosco de revistas que siempre estaba cerrado. Me adentré en la calle de la papelería, y después me perdí; buscaba un portal donde vendían periquitos. De pronto, a un muchacho que iba delante de mí le lanzaron agua de un cubo desde un balcón. En menos de un minuto me actualicé con las malas palabras al uso. Había más términos, nuevas variaciones. Me sorprendió que en ese sentido hubiera un desarrollo. ¿Y si el cubo con agua era para mí? Quizás si el agua turbia de la semana me caía encima saldría de una vez de este letargo.

Sin querer llegué a una parada de ómnibus, y... otra vez la puñalada de la memoria. Me vi caer de la puerta a la acera, y un viejo me alcanzó el bolso. Entonces subí al ómnibus. No sabía a dónde iba, ni me interesaba. Solo me dejé llevar, entre el sudor de esta gente que es también aquella de los noventa. No cambia. La señora de la bolsa de nylon con pescado me mira y guiña un ojo, como si supiera algo. Más tarde me dice «¿de qué te ríes?» ¿Estaba riendo? Reía y no me había dado cuenta, entre la sordidez del tipo que tenía detrás con sudor de bestia en celo, entre las manos repetidas en serie, aferradas al tubo y la vista de la ciudad a través del cristal empañado, lo que la hacía más turbia. Vivía sola en medio de esta gente que ya no reconocía. Nadie me dijo «hola» o «adiós». Entendía ahora con más fuerza a mi madre cuando vino a verme en su última visita a La Habana. «Me siento tan perdida… No puedo creer que haya nacido aquí.»

Los jóvenes de este país, no es que no tengan futuro, es que no tienen presente. Van desposeídos de todo, y lo peor, hambrientos de poseer cosas vacías. Son parte de esta educación sentimental chata. Mira quién habla. La más pura. Me di cuenta un día, en el camino a una función del circo ruso. El ómnibus iba desbordado como este: sardinas en lata. Tenía deseos de gritar. La opresión era tan desgarradora que tuve ganas de ser un gigante y sacar a todos como un niño que extrae los muñequitos de la casa de juguete. Son las perfectas maquinarias para despersonalizar al más entendido en sí mismo, unas cajas mágicas donde entras tú y sale alguien, un número más, un conteo regresivo. Aquí lo mejor es ser invisible.

Me da pánico lo que no cambia, las cosas eternas. Cuando escucho un «para siempre» tiemblo; no puedo evitarlo, es un reflejo y no me lo quita ni el médico chino. Por eso no aguanto a las personas que temen cambiar el orden de los platos en la cena, que enfurecen si no tienen la taza apropiada para el café o la servilleta ideal, que no se enteran de nada aunque les plantes un beso. Esas personas están muertas. Al menos para mí. Y que conste que no sigo el *carpe diem* al pie de la letra, pero no dejo de admitir que se pierde mucho tiempo en las ramas.

Gertrudis, eres lo mismo. Quizás te das cuenta y eso te diferencia de la mayoría que ni se entera cómo los años pasan sin que ocurra nada. Eres el mismo producto que sale de las escuelas, de las reuniones de vecinos, de las consignas, de las calles. Esa marca viene contigo igual que los muertos, muy dentro de la piel. También te marcaron y te dieron un número: la huella de la vacuna en el brazo izquierdo y el cuadrito en la libreta de abastecimiento. Con todo eso te lanzaron a la calle, a la lucha diaria. Pero nunca has aprendido. Te cuesta incorporarte a los grupos, hablar con los otros. Las palabras se te agolpan, murmuran. Cuando tienes que sacarlas divagas, te pierdes… Palabras. Si dijeras todo lo que piensas no habría para cuándo acabar.

Ayer fue un día largo, intenso también. Sin embargo, hoy ha sido como aquel dulce en el muro. Hasta el tiempo es impredecible en esta isla. La noche es todas las noches, la misma que se repite hace meses, años. Regreso a casa. ¿A casa dije? Una serie de pasos que me llevan al hastío. Los primeros días son de gloria y luego viene el golpe del silencio, como si después de los saludos solo quedara este oscuro decir nada. Ha pasado tiempo sobre mí. Seis años son seis años: más de dos mil días y noches. La vida avanza rápido y se nota en la piel, en los ojos, y más que en los ojos, creo, en la mirada, como si todo se escribiera a nivel de iris. No importa si me voy, si no me encuentro. Una vez que se pierde el sentido, da igual si caes de espaldas en una piscina, o si un carro te atropella la misma noche que sales corriendo de tu casa a medio vestir. Ya no queda nada.

# 11

Casi es la hora del té, María. Yo iría a calentar el agua, si pudiera... Qué desgano, María, qué falta de energía. Mira tú, que siempre has abierto las puertas como si pasaras páginas, con una ligereza que daba gusto verte. Ahora... Ahora no abres nada; a duras penas la ventana de tu cuarto si te falta el aire. ¿Ya no te echas tintes en el pelo, no? Menos mal. Te estabas envenenando, y además, ese rojo que te ponías en el pelo era muy cruel, me daba mareo. ¿Quién me iba a cuidar si tú te volvías loca de tanta decoloración y peróxido? Menos mal que se te calmaron esas ansias por darle color a todo. Cuando no eran las uñas eran las mejillas, o esos dibujitos que te hacías con el bolígrafo de fuente de tu abuelo. Lo jodiste con esa tontería. Gracias a que siempre te he dado buenos consejos, te quitaste el rojo del pelo. Todavía hay un poco de la mitad hacia abajo, detrás de ese castaño que parece mierda. Nunca has sabido ni teñirte, ni maquillarte, ni encontrar buenos novios.

¿Qué me pasa? Siempre he sido vivaracha, la primera que salta, que grita, que mete la pata. Ahora soy una cosa en una esquina. Nadie me quiere. Lo peor es que el sentimiento es mutuo, no quiero a nadie. A ti tampoco. Aún tengo fuerzas para voltearme en la cama y evitar las escaras. Qué bochorno, ser tan vieja y no acabarse de morir. No aguantaría que alguien me viera así, y menos Ricardo, ese pesado que no envejece. ¿Será que duerme en una bañera con formol? Ese descarado se levantaba a todas las chiquillas sin sesos del barrio. Las muy idiotas se babeaban por él y hasta hacían sus listas de espera para ir una noche al cine o a bailar. Todas palpitantes, curiosas por descubrir «aquello» de lo que habían escuchado hablar a las otras... ¡Ay, qué modositas! Tan dedicadas en casa a bordar tapetes para la iglesia, y en la noche se destapaban tanto que a más de una se la vio saltar con las tetas al aire detrás de Ricardito. ¿Por qué eran tan inconscientes? ¿Por qué lo era yo? Eso sí, nunca enseñé las tetas, no en público. ¿Qué tetas iba a mostrar si no tenía? Además, era tímida. Al cruzar la calle ponía cara de tranca porque me daba vergüenza. Mira que una es debilucha de joven. Ya he perdido el miedo, la pena, la virginidad y hasta mis hijos. Si pudiera recuperar algo de sentido común. Bueno, ¿qué importa? Anda, ve a ver quién es. Últimamente esa puerta tiene más vida que yo.

Echo de menos la mesita coqueta, mis frascos de cristal con perfumes de Guerlain. Un espejo con marco de bronce muy victoriano. La cabeza de maniquí con la misma peluca que usaba para ir a la ópera, y que una noche se me enredó al salir del taxi. ¿Cómo se sale de una situación así? Levanté la cara, y así, desplumada pero con la frente en alto, vi mi *Turandot*, aunque tuve que esperar a que todos salieran para levantarme del palco. Me quedé solita diciendo «bravo, Giacomo, bravo, dondequiera que estés». Y estiraba la mano para tocar a Adolfo, pero no había nadie. Me llevó un tiempo aceptar que se había muerto. La gente decía que yo era una estirada de las óperas. ¿Qué salida me quedaba? Una viuda como yo, aún con sangre a mil por las venas, no podía encerrarse a que los años hicieran lo suyo. Había que meterse algo, aunque fuera la lamparita de la sala, esa que había pertenecido a la familia desde el XIX en Ortigueira. Qué lámpara más bella. Y la forma que tenía, tan perfecta. Esta desfachatada me la vendió. Una semana. La vi apagándose en cada desayuno, almuerzo, cena. Y encima me dice que gracias a mi lámpara no morimos de hambre durante una semana.

¡María, María! El té. Tonta, es la hora del té. Nada. Ahora viene con carita de cordero, sintiendo lástima por mí. Mejor que no venga. Debe estar pegada a la ventana; mira a los hombres por las rendijas. Qué calentura de mierda, con lo desmejorada que está. A esa nadie la mira. Eso no es normal. A esa edad yo era más divertida... Ay, qué silencio. ¡María! Esa ni escucha las campanadas, tan ensimismada. Pues que salga a la calle a respirar el humo y a llenarse de polvo. ¿Dónde habré metido la copita? Una no puede beber con elegancia en esta casa. Lo linda que era. ¿Eso es una telaraña? No miro al techo y ya está. Imposible. Tengo que quitar esas telarañas. La copa en la mano y no encuentro la botella. Esa pobrecita queriendo tapar el sol con un dedo. ¡María! Se empeña en esconder mi botella. A esta la quiero encaramada en la escalera con una escoba, que limpie telarañas. Suficiente con dos brujas para que encima tengamos arañas. No, que la casa se nos cae encima.

Nada del té, nada de María. Qué ansiedad. Un trago, un cigarro, cualquier cosa para no pensar. ¿Pensar en qué? ¡María, el té! No me dejes sola, no me dejes solita, no quiero morirme sola. Ahí viene, puedo sentir los pasos. Sigue de largo. Habrá ido a buscar la bandeja y el samovar. ¿O no? ¡María! No hagas que me levante a traerte por los pelos. ¿Qué hace? ¿Qué haces, niña? ¡María! ¿Quién está ahí? ¿Habrán traído el pan? Eso no es pan, y el que me diga que sí, debería comérselo a ver si le hace gracia. Los panes que había antes...

¡María! No me dejes sola. ¡Quiero morir! ¿Será la «señorita» Concha? Señorita. Hay que tener la cara dura para exigir que te sigan llamando señorita. Esa se metía por su nombre toda tranca que se le cruzaba por delante. No se habrá casado, pero señorita no es. ¿Sería el del periódico? No, ese ya no viene. El cobrador de la electricidad, con esa carita de niño que se orina en la cama y esa voz tan grave. Es lo más absurdo que he visto. No, lo más absurdo no. ¿Será la pesada que siempre viene a cobrarnos la mensualidad? Qué horror, pagar todos los meses por ser una mujer. Ya no soy nada, de mujer me quedan pocas cosas.

¿Dónde se habrá metido? María. Ayúdame, hija, me estoy meando. Esas telarañas no me dejan pensar. En cuanto llegue le digo que las quite. Espero que la descarada de Mirta no haya venido a pedir azúcar. Si yo pudiera levantarme, la esperaría en la puerta con un paquete de sal, a ver si viene a pedir más. Sal, para que olvide el camino. El azúcar no sale de esta casa. No sale. Si agarro a María poniendo azúcar en una bolsita para Mirta, la mato.

Si yo pudiera levantarme. Qué asco. Tres o cuatro pasos y al suelo. Un total desmadre. Un té para esta vieja. Mira que me muero, hija, me muero y no llego al té. Cuánto daría por un sorbito, por un toque de manzanilla en los labios. Si no hay tazas, no importa, puedo hacer una excepción y servirlo en una copa de vino. Aunque esto hubiera matado a mi madre de un infarto. Té en copa de vino. Y que se callen las viejas estresadas, que me dejen vivir. A veces siento que me están observando. ¿Qué fue eso? La puerta otra vez. ¡María! Quítame esta pena. Ay, parece un bolero. No quiero chochear. Al menos no sin un buen té. Ya deben ser las seis. Ah, se acerca. Menos mal.

Mírala, mírala cómo sirve el té. Se han perdido tantas cosas... La educación cívica se fue a bolina. Todos gritan, escupen en medio de la calle, se mean en las esquinas como perros y tienen sexo también como los perros. Ya nadie te pide permiso si te adelanta en la acera. Yo existo. No soy un paquete meneándose por la calle. Soy una persona. Yo soy una persona. Tengo mis recuerdos. ¿Qué sería de mí sin mis recuerdos? ¿A dónde iría? No responde la muy anormal. Solo piensa en las musarañas.

¿Las arañas? Ya no, porque te has demorado un siglo en subir el té, pero mañana bien temprano traes la escalera y limpias todas las telarañas. Que mueran. Ellas no me van a caer encima. Como siempre, le pusiste demasiada azúcar. Da igual. No le vas a echar sal para arreglarlo. Me va a dar una cosa con tanta azúcar en la sangre. ¿Qué haces? No, ahora no. Deja eso para mañana. Estúpida, a ver si nos caen las bichas esas en el té. Siéntate, parece que tienes que ir a alguna parte. ¿Quién vino? Deja las telarañas. Ah, esa. ¿Tenemos yogurt para toda la semana? Menos mal. De

NO ME HABLEN DE CUBA | Grethel Delgado

hambre no vamos a morir. Anda, llévame al baño antes que me orine aquí mismo.

Yo no quitaría esa alfombra de ahí. ¿Por qué te empeñas en llevarme la contraria? Levanta la tapa. ¿Dónde tienes la cabeza? Ah, qué alivio. Y encima dices que yo peleo siempre. Tú, que protestas por todo. «Abuela, no fumes.» Ay, no me des órdenes. Fumo y bien, a ver si acabo de joderme. Bicho malo nunca muere. No te vas a librar de mí tan fácil. Estoy hasta el moño de que me vires la cara. Si pudiera, ay, si yo pudiera darte una bofetada como Dios manda (si es que manda aún), para que me respetes de una vez. Soy tu abuela. Si a mí no me hubiera dado por abrirle las piernas a Adolfo, tú no estarías haciendo el cuento. Ingrata. Cuidado. Ponme la almohada. Ya está. Ahora cierra la ventana. Parece que no quiere anochecer. Eso es, vira la cara, como si pudieras evitarme. Tendrás que taparte los oídos. Pedazo de alacrán. Estás perdiendo el tiempo. Mírame. No me extraña. Igualita a la madre. Y tener esa descendencia horrible por partida doble.

Que nadie duerma, que nadie duerma si yo no concibo el sueño. Calaf, su nombre es Calaf. Ya puede venir el alba. Ahora quiero dormir, pero el sueño no llega. Ni una pastilla. Hay que aguantarse, Elena. Saber dejar lo que hace daño, como las pastillas para dormir que tomaba todas las noches. Pero una vez me dieron un susto… Iba a pleno sol por una calle estrecha y me vi caminando hacia mí misma. Entonces me dije que tenía que dejar las pastillas, era una adicta. Las dejé de un tiro, así y ya, porque yo soy fuerte y a veces tengo arranques de lucidez. Las dejé caer lentamente al mar, hice mi ritual de purificación para que ellas no mandaran en mí. Al día siguiente se me llenó el cuarto de gente como si hubiera puesto un anuncio de una fiesta. Gritaban y bailaban a más no poder, mientras yo intentaba seguir el hilo de un libro que ahora no recuerdo. Creo que se lo presté a uno de ellos. Pude dormir al fin cerca de las cinco de la mañana. Los pocos que quedaban eran pura madeja en el suelo, con cintas y confetis, y un olor penetrante a cerveza, lo único que me hacía sacar fuerzas para limpiar el desorden. Me senté en la cama, no quería saber de mí en una semana. Era mejor no salir a la calle, así no me encontraría conmigo misma caminando, o peor, corriendo hacia mí.

Quiero dormir. Si pudiera desconectarme a la hora de dormir. Pero no, me toca este insomnio de mierda, la vista clavada en el techo, descifrando manchas, rajaduras y las malditas arañas. ¿Qué daño le hice al mundo? Si soy un trozo de pan. Duerme, duerme. Ni una luz, solo esta luna que no hay dios que me la quite de la cara. Aunque cierre las ventanas, se cuela por cualquier rendija, por cualquier debilidad. Debe ser este azul hambriento el que no me deja dormir. Si yo me durmiera... Cierro los ojos, sin apretar demasiado, no vaya a ser que me altere, pero no llega el sueño. Siempre me han dejado plantada, los sueños, la gente, y hasta mis recuerdos que no aparecen. No me dejes sola, Elena. ¿Dónde estás? Estoy sola. Tan sola que no me duermo. Todas las noches la misma agonía, el mismo salir y entrar de mi pecho. Elena, Elenita, duerme ya. Me pierdo. Sola. Duérmete, Elena. Cállate de una vez. Déjame dormir. Mira que te lo he dicho siempre, pero tú no aprendes. ¿Te das cuenta?

# 12

El timbre se enterró en las paredes como espinas, trazó una línea escalofriante desde las escaleras, a través del pasillo, hasta el cuarto de María. Era una sirena de ambulancia, de bomberos, de policía, un *feedback*, un grito de bruja. Salió al pasillo y se dirigió al fondo. Caminó con lentitud, con la esperanza de que colgaran, de que el sonido dejara de arañarle los oídos. María pensó en el día que su padre la llamó, la primera vez que tuvieron tanto mar entre ellos. Con ese recuerdo, el camino al teléfono era menos tortuoso, menos corredor de la muerte.

Una vez frente al quejido del artefacto de los años cincuenta, María levantó el auricular. Del otro lado, Gertrudis, la que una vez se cortó el pulgar para sangrar junto a ella, la que no se iba y se fue, comenzó a hablar. Dijo algo sobre el clima, los zapatos que se ensuciaron con un charco al bajar del taxi. La escuchaba hablar como una cotorra, cosa que no había cambiado con los años, «¿cuántos eran, seis?, sí, seis años».

María sentía que iba a reventar, primero la nana y ahora Gertrudis: «Vine a verte, estoy en La Habana». María solo atinó a colgar. Dio media vuelta y volvió sobre sus pasos, entró al cuarto, miró su cama sin hacer y se metió entre las sábanas repitiendo: «Gertrudis está en La Habana».

Al despertar se dobló en la cama, aturdida por un malestar constante, prólogo inevitable de otro ciclo menstrual. El aire pesaba dentro de la casa. Echó un vistazo al cuarto de Elena, que dormía sin hacer ruido alguno y bajó al jardín lateral.

Le daba pena verlo en aquel estado. La hierba había crecido salvaje durante años, y las hojas secas, hechas polvo las más viejas, y enmohecidas las recientes, habían creado un manto sucio. María dejó reposar su cuerpo entre la hierba. Una vez en contacto con la tierra, dejó que su dolor se repartiera, haciéndose más liviano en ella. Unos minúsculos rayos de sol se colaban entre las hojas de los árboles que, como manos abiertas se movían según el viento.

Le pareció que podía quedarse dormida en cualquier instante y que, si se descuidaba, podía convertirse en una flor.

Elena despertó a María con el cañón de la pistola pegado a su cabeza. La miraba fijamente, y el frío del cañón fue atravesando, peor que una bala, la sien de María, hasta que se expandió por todo su cuerpo y comenzó a temblar.

—Abuela, soy yo, María.

—¿Quién eres?

El viento se hizo más fuerte, sacudía con fuerza las ramas de los árboles. María abrió los ojos esperando la bala. Estaba sola. Se mesó el pelo para no pellizcarse. Quería salir de ese estado pero algo la detenía, la obligaba a enterrarse en la hierba.

—Abuela, ¿estoy loca?

—Como una cabrita, mi amor.

Con mucho esfuerzo pudo mover un brazo, luego el torso, y después se incorporó. Estaba llena de hojas secas, tierra y polvo. No había nadie alrededor, solo plantas que la acariciaban. Se sacudió la ropa y entró a la casa. Sorprendió a su abuela en su habitación bebiendo de un frasco de colonia de lavanda. Apuró el paso y se lo arrebató.

—Dame mi colonia, asquerosa.

—Te vas a matar.

—Perfecto.

Elena se sentía mareada por el efecto de medio frasco de colonia, y aunque olía muy bien, eructó con un hedor que preocupó a María.

—Lavanda inglesa, era la colonia preferida de tu abuelo.

—Si me lo bebo de un tiro, ¿nos damos una ducha? —Debía convencer a su abuela como si fuera una niña.

—¿Tú? Te faltan cojo… —María no le dio tiempo a terminar

la palabra. Sintió que bajaban espinas ardientes por su tubo digestivo y luego subía el vapor.

—Vamos, al baño —Dijo María. Se sorprendió de poder hablar.

—Extraño a tu abuelo. Sabía que llegaría a esta edad... En verdad no lo sabía. Más de ochenta, no. Estaba segura de que moriría a los sesenta y tantos. Y mírame aquí. De pronto es muy tarde. Ay, María, qué vieja me siento. No me quiero morir y me quiero morir. ¿Quién me entiende?

María guardó silencio. La lavó con delicadeza. Su piel era muy suave y llena de innumerables arrugas. ¿Llegaría ella a los ochenta? Elena se llevó las manos a la boca para contener un grito inexistente, y luego alargó los brazos como si esperara a alguien.

—¿Qué pasa?

—Carlos, ven acá, muchacho.

—Abuela, no me asustes.

Elena siguió con la mirada a su nieto Carlos, hasta que se detuvo cerca de María. Esta no podía moverse. La seguridad de su abuela la había paralizado.

—Qué lindo es —dijo Elena—. No, no te vires, tú no puedes verlo. Ay, María, llena eres de desgracia.

—No le digas eso. Te cuida mejor que mamá —Dijo Carlos.

—Sí, mejor que Juana cualquiera. Esa no tuvo idea de lo que era ser hija, y después ni se enteró de ser madre.

—¿Quieres que me vaya? —Dijo Carlos desde la puerta.

—Ahora te molestas con mi madre. Como quieras. Y deja a Carlos. Que descanse en paz.

—María te quiere, abuela. Te quiere más que yo —Dijo Carlos antes de irse.

Elena bajó la mirada. Comenzaban a pesarle los párpados.

—Abuela, no te duermas. Tengo miedo de perder el juicio. Hay muchas trastornadas en mi familia. Por eso siempre llevo conmigo la dentadura postiza de mi bisabuela a ver si me da un poco de sosiego, aunque la sostenga como a la calavera de Yorick y le haga preguntas que solo yo pueda responderme.

—Habrá que vender los trastos de Juana, así no queda rastro de ella. Eres mi nieta, eres mía. Yo te parí una generación después. Estoy cansada de parir. Todas las mujeres que han venido después de mi madre, o somos sabias como si tuviéramos mil años, o unas tontas sin remedio. Sí, eso viene en la sangre. No sé qué te habrá tocado.

Con mucho cuidado María limpió la esponja y volvió a ponerle jabón.

—¿Y a ti, abuela, cómo te hicieron?

—Mi abuela parió de pie mientras recogía café. Sintió una penita en la barriga. Le siguió otra. Agarró el saco de café, pujó y mi madre cayó.

Al salir del baño, Elena se resistió a ir a la cama. Arrastraba a su nieta hasta el tocadiscos. María la dejó hacer. Sentada frente a él como si fuera un confesionario, Elena alzó pesadamente un disco de Roberto Faz y lo acercó al eje; levantó la aguja y, tras una pausa para poner en blanco el mundo, la dejó caer.

—Gertrudis está aquí. Vino por unos días.

—Por su culpa Carlos está muerto.

—No es justo, nadie tuvo la culpa. Además…

Al voltearse, vio que se había dormido otra vez.

Bajó la tapa del tocadiscos y dio una última ojeada a su abuela.

—A Carlos lo mató un descuido.

# 13

Tras una caminata sin rumbo durante la mañana, Gertrudis se detuvo en medio de las calles 12 y 23. Se agachó a recoger una mariposa de fieltro que se había zafado de su bolso. Frente a ella, el enorme arco del Cementerio de Colón. Finalmente cruzó la calle 23 en dirección a la necrópolis que guardaba los restos de sus familiares, y ahora también los de su tío Francisco.

Una vez que rebasó la descomunal entrada, sintió que estaba en otro mundo. Le dio otro vistazo a la portada desde abajo, la imponente obra de Calixto de Loira, el primero en ser enterrado en el cementerio recién abierto en 1872. Gertrudis reparó en esa ironía, otra de las tantas curiosidades que vendría a albergar la ciudad muerta, la cual se quedó con los brazos abiertos como una novia en espera de los restos de Cristóbal Colón.

—*Jelóu. Is fái dólar.*

—¿Qué?

—¿Tú eres cubana? —Preguntó el custodio, confundido.

—Sí.

—Na, na, mentira.

—Ay, por favor, déjame tranquila.

Le dio la espalda y siguió caminando hacia la capilla. Se le antojó que el trayecto era una promesa, una forma de reverenciar a sus muertos y a aquel sitio lleno de historias.

No había un alma en la capilla. Solo unas coronas de flores amontonadas en una esquina, que al parecer habían sido de algún carro fúnebre. La luz que atravesaba las ventanas era suave, vaporosa, como si un potente filtro amansara la dureza del sol y la convirtiera en luz repartida. Se proyectaban en el suelo colores y manchas que parecían danzar. Había olor a incienso y también a podrido a causa de las flores marchitas. Sintió que estaba en una cápsula con el vaho de su propia respiración.

Dio algunos pasos hacia la entrada y fue hacia el panteón de su familia. Podía olvidar las direcciones de muchos sitios, pero no las de sus muertos. Debía pasar invariablemente por la tumba del viejo Casimiro, o el cowboy, como le llamaba. Casimiro era el único muerto enterrado de pie, con una pistola en cada mano y, por si fuera necesario en la próxima vida, o quizá en el control de aduana, un billete de cien pesos. Una vez pasada la tumba del pistolero, faltaban unos cuarenta metros para llegar al panteón de su familia. Leía los nombres, los años, las relaciones entre los familiares, las causas de las muertes, epitafios, lamentos, reproches. Allí estaban, como siempre, las losas movidas, las flores secas, los búcaros llenos de flores extenuadas por el vapor.

Un vahído la obligó a detenerse. Se recostó en una tumba para tomar aire. Recordó aquel desmayo, dos semanas antes de irse, cuando iba a estudiar a casa de María para los exámenes finales. Llevaba sus libros bajo el sol de un junio terrible. Se le cansaron los brazos, sudaba a mares por llevar los tochos de Arnold Hauser y Ralph Turner. Iba leyendo carteles con aquel entusiasmo que las paredes apenas podían sostener. Le temblaba el mundo, llevar libros era un trabajo sacrificado. Se vio en el suelo, sin fuerzas para levantarse y recoger sus cosas desperdigadas alrededor. Allí comprendió que aquello de vivir en Cuba y dedicarse a la literatura era una tarea difícil: el clima no ayudaba. Más allá de que se le durmieran las nalgas por las horas de lectura, había que freírse en medio del calor tropical. Vivir siempre dentro de una postalita caribeña puede ser el infierno.

En los primeros años de carrera iba a leer sobre alguna tumba en un sitio a la sombra, casi imposible en esa planicie soleada donde el resplandor se da cabezazos con el mármol blanco esmaltado. Se pasaba horas en medio del silencio, podía escuchar el golpear del aire perdido entre las uniones de las losas, junto a las hojas secas que parecían susurrar en cada roce, los huesos de una ciudad muerta. Pensó en María, que había terminado Filología y ahora debía estar en una revista, una editorial o en las aulas. En la línea de las historias sin terminar seguía Enrique, ahora una cuenta pendiente. Su amiga era el modo de llegar a él.

Un día, después de discutir con Enrique en los dientes de perro de la costa, fueron al cementerio a esperar que todo pasara. Él quería casarse y ella le decía que eran muy jóvenes. Aún no sabían qué hacer con sus vidas. «¿Qué vamos a hacer? Vivir. ¿A qué esperas? Viviremos juntos y tendremos hijos». La última idea aún le daba vueltas en la cabeza a Gertrudis. Un hijo crea lazos imborrables.

Él la abrazó y vio su saya rasgada, seguramente por sentarse en las rocas afiladas de la costa. Esa fue la obertura para un sexo de panteón abandonado, el principio del final de aquella relación. Sobre unos cristales rotos cayó el semen de Enrique.

A pesar de su sospecha, habían respetado el panteón familiar, y por un momento pensó en su extraña relación con ese lugar, un sentido de pertenencia que borró de su mente como se espantan los malos presagios. Estaban todos, o casi todos sus antepasados debajo de sus pies. Eran sus seres queridos, el polvo que más adoraba, pero ya no iba a terminar allí. ¿Acaso la Avellaneda estaba ahí? La Avellaneda era feliz en Sevilla como ella lo iba a estar en Miami. ¿Qué importaba dónde la pusieran una vez muerta?

En un rincón cercano había un racimo de plátanos con una cinta roja amarrada. Apartó la vista y se concentró en la tumba de sus familiares. La tapa estaba mal cerrada y pudo sentir un vapor rancio. No solo en esa tumba. Todo hedía. Siempre le disgustó el mal olor de las calles, que la gente tuviera peste. Enrique sabía cuándo ella iba a reventar y solía ponerle una mano en la cintura y cambiarle el tema, o le decía «pequeña, pequeña, mírame». A Gertrudis le resultaba curioso el modo que tenía de repetir una misma palabra para acentuar su sentido, como un pintor que aplica varias capas de un color para que este sea más sólido. Intentó calmarse, pero ya era tarde. Comenzó a llorar. Le ocurría muchas veces, era inevitable que llorara si algo le incomodaba.

A unos días de haber llegado a los Estados Unidos entró a un supermercado, se topó con un champú para bebés y su etiqueta de *no tears*. Pensaba que ese champú era mágico, que le iba a curar todas las penas, y compró diez. Al menos no tendría que buscar champú por unos meses.

Tanta luz le cegaba. Lamentó el sol abrasador sobre el

mármol. Su tío probablemente fue enterrado en un mediodía tórrido como ese, custodiado solo por sepultureros. Nadie lo acompañó a su última morada, no caminaron detrás de su ataúd los vecinos que tantas veces dijeron tenerle aprecio antes de pedir un poco de azúcar, una taza de café. En contraste con la luz anaranjada, solo la sombra iba con él, la cola negra que el carro fúnebre proyectaba debajo, como si todo lo que cayera sobre su cuerpo muerto estuviese condenado al polvo. Le amargó esta soledad, lo ingrata que puede ser la muerte. Los entierros le parecían una cadena de parodias, mandíbulas apretadas y manos en los bolsillos. Sacudió la cabeza para dejar atrás esos pensamientos.

Al fin comenzó a caer la tarde y la sombra se escurrió entre los muros y las flores amarillas hasta llegar a sus pies como una ola de gris sucio, en una reverencia que le parecía digna de la situación. Lentamente se vistió de sombra. Entonces comenzó a hablar con sus muertos. Su tío, los abuelos, su padre y un primo que habían matado en la playa por un par de chancletas. Se vio, por primera vez desde su llegada, en buena compañía. Sacó algunas fotos de su bolso y comenzó a armar su genealogía sobre el mármol gris. Quería recordarlos a todos, aunque fuera un instante de sus vidas. Uno a uno desfilaron frente a ella, a veces en silencio, y otras con alguna historia que no recordaba.

Antes de irse, revolvió en su bolso y sacó más fotos. En una de ellas, aparecía en la entrada de su casa en Miami con una botella de agua. Detrás había un cochecito con un bebé y, recostada a este, una bolsa con vegetales. Gertrudis miraba a cámara con sorpresa. La foto fue tomada justo antes de que le diera tiempo a sonreír. La introdujo por el intersticio de la tapa corrida; quería estar allí de algún modo. Un custodio le hizo un gesto con la mano para indicarle que iban a cerrar las puertas.

¿Recordaría cada momento en este país o las huellas se irían borrando progresivamente? Era bueno anhelar alguna etapa de la vida en la que todo parecía estar bien. Su padre solía regresar con nostalgia a los años cincuenta y una prima hablaba de los ochenta que le sirvieron de remanso antes del vendaval de la década siguiente. Pero ella no tenía a dónde mirar. Nació a finales de los ochenta y no recordaba mucho de los noventa. Tras el cambio de siglo solo había cambiado el siglo. El dos mil era puro remordimiento y consecuencia de las décadas anteriores, incluso más gris. No sentía demasiada añoranza por ningún pasado. Al contrario, le daba vértigo mirar atrás. Solo podía mirar al futuro con una esperanza negra, descreída.

Gertrudis no recordaba haber sido feliz. Claro que había reído, se entusiasmó con promesas, hizo proyectos, se

NO ME HABLEN DE CUBA | Grethel Delgado

permitió soñar. ¿Qué pasa al regresar al lugar donde uno ha sido infeliz? ¿Qué pasaba por su mente ahora?

—Gertrudis.

Ella se volteó para ver de dónde había salido esa voz. Los trabajadores del cementerio se esforzaban para cerrar el oxidado portón. Vio cómo las puertas se le venían encima, hasta que crujieron en su roce final. ¿Quién la había llamado? Miró a través de los barrotes. Hizo un amago por regresar, ante lo cual sintió las frías miradas de los custodios. Sintió que era expulsada de aquella ciudad y que debía irse a la otra, la cual le pareció tan llena de muertos como la anterior.

De camino a su apartamento rentado, se acercó al solar donde le solía comprar ropa a una mujer. Todo crujía y estaba a punto de derrumbarse desde los años ochenta, por lo cual el hecho de que estuviera en pie era un reto a la gravedad y al tiempo digno de admirar. Aquellas estructuras inestables eran habitadas por familias que resistían al cambio, la vejez, aunque sus tuberías acatarradas y las grietas de las paredes estuviesen al borde de la nada.

En el patio interior había varios turistas. Junto a ellos, unos muchachos sin camisetas formaban un círculo. Se disputaban una cucaracha. Arriba, en las tres plantas que precedían al cielo abierto, algunas personas miraban el espectáculo. Una mujer con la cabeza llena de rulos batía unos huevos en un plato, entraba y volvía a salir en otra labor culinaria, entretenida con lo que ocurría abajo. Si se miraba desde arriba, el patio central era una especie de escenario a lo coliseo romano, donde se veían desde toques de tambor y sacrificios hasta peleas a machetazos.

—*Asere*, dame acá, yo lo hago —Dijo un muchacho al que tenía la cucaracha entre los dedos.

—*Pérate*, papa, dame un *brei* —Tomó aire y se acercó la cucaracha a la boca entreabierta. De ahí no pasó.

—Pero, ¿tú eres hombre o cucaracha? No seas penco, viejo, anda —El muchacho lo retó de nuevo.

—Si no come, no dinero —Uno de los turistas grababa con su celular la reacción de todos, y en particular la mano del joven con la cucaracha.

Volvió a acercarla a su boca y tuvo una arcada.

—Por menos yo me la habría jamado hace rato, *chama* — Dijo otro muchacho.

Gertrudis sintió repulsión por aquellos turistas que pagaban por tan desagradable reto. Finalmente el chico se metió la cucaracha en la boca y, entre arcadas logró tragarla por completo. Todos aplaudieron orgullosos. El turista le dio un billete y le hizo una seña al otro para irse. Los jóvenes le daban palmaditas en la espalda a su nuevo héroe y lo felicitaban por su valentía.

–Te forraste, mijo, diez cañas –Comentó uno con recelo.

Otro del grupo, que había notado la presencia de Gertrudis se acercó a ella y entre absurdos gestos y un inglés desfachatado le proponía comerse algún bicho por diez dólares, incluso menos. Ella bajó la cabeza. Les dio la espalda mientras lanzaban propuestas.

Al llegar al apartamento solo tuvo tiempo de poner las llaves en la mesita de la sala y correr hacia el baño. Vomitó lo que había comido de golpe, y le pareció que flotaban en el inodoro las paticas marrones de una cucaracha.

Se dejó caer en la cama. Aquella voz a la salida del cementerio se repetía en su cabeza. A Gertrudis le pareció que salía de su boca, que ella misma se llamaba. Hasta que le despertó el bullicio mañanero de La Habana.

Era el día de las decisiones. Faltaba poco para regresar y aún no había visitado el apartamento de su tío. Tenía la ilusión de que él hubiese dejado algo para ella, un mensaje; si no, encontraría al menos un recuerdo que llevarse. Por otro lado, el silencio de María le resultaba muy raro y creía que lo mejor era aparecer en su casa por sorpresa.

Subió la escalera tanteando las paredes. Al final del pasillo colgaba una luz que parecía más un ahorcado que un bombillo. A la izquierda quedaba el apartamento de su tío Francisco, con una tapita de cerveza rellena de plastilina que ostentaba un sello de vivienda, y se enlazaba a través de un hilo a un clavo en el marco. Sobre la cerradura tenía una precinta de Aguas de La Habana, al parecer en vistas de la escasez de precinta en la oficina de vivienda. Justo al frente quedaba el apartamento de la vecina, de la cual solo recordaba su adicción por los cigarros Criollos y la voz carrasposa, evidente señal de su vicio. Llamó a la puerta, que se mantenía entornada y con el gancho puesto para que el vapor circulara en aquel apartamento de interior que se calentaba como un invernadero.

Escuchó al fondo el sonido de las chancletas Zico arrastrándose, como si vinieran del infierno. Vio por la rendija que la señora salía de la cocina con un mortero en la mano y la cabeza atrincherada de rulos. Media Cuba optaba por el «rulo *fashion*», como solía decirle María, de una manera tan natural que podía considerarse un peinado. Al acercarse sintió el tufillo de nicotina mezclado con los ajos que aplastaba una y otra vez contra el aluminio. La señora asomó la cabeza y le hizo un gesto con la boca acompañado del típico «¿mmm...?» que Gertrudis interpretó como «dígame» o «¿qué desea?» Era un buen ejemplo de la síntesis que se podía encontrar en cualquier sitio. El gesto exagerado y los sonidos guturales definían la comunicación. La ciudad era un escenario de pantomima, pero con ruido.

–Soy Gertrudis, la sobrina de Francisco.

–¿Quién?

–La sobrina de Paco –Dijo con más fuerza.

La mujer levantó el gancho de la puerta para verla mejor. Se quedó sin habla.

–Ya estoy enterada de lo que pasó. Solo vine por si había dejado algo…

–No, no, hija, se perdió unos días y después vinieron los de vivienda a cerrar el apartamento. Parece que le dio una crisis en la calle y lo tuvieron en el hospital sin avisarme. Es que nadie tenía el teléfono, y quién iba a venir… –Hacía un constante repaso de sus rulos, sin saber dónde poner las manos.

–Pero te dijo que tenía una sobrina, ¿no?

–Sí, claro, él siempre hablaba de su familia, ahí mismo –señaló un sofá desvencijado–, le gustaba sentarse a dar cháchara y esperar el café. Pero, hija, el alcohol no perdona –suspiró, sin dejar de tocarse los rulos con las manos llenas de ajo–. Él mismo se cocinó el hígado.

–Mira que le dijimos que no tomara.

Gertrudis se entretuvo con la mano de la señora que amasaba los rulos como si acariciara las olas de un mar quieto. Tras unos segundos, recordó lo que venía a buscar. Aquel movimiento repetitivo con olor a ajo tenía un efecto hipnótico.

–Haga memoria, ¿no tiene algo que darme?

Un sudor frío le bajó por la espalda a la señora, haciendo que aumentara el temblor de sus manos. Le aterraba que Gertrudis quisiera la libreta de abastecimiento del muerto, que ella conservaba porque solía sacarle los mandados a cambio de los cigarros de la cuota y algo de sal y azúcar adicional. Guardó recelosa su libreta y rezaba para que la noticia de la muerte de Francisco llegara a la Oficoda con la misma lentitud con la que aceptaban un ingreso o una dieta especial para diabéticos. Los vecinos mantenían el secreto para que la pobre mujer, que vivía sola, recibiera un poco más de alimentos, que a veces repartía entre ellos para mantenerlos callados. Lo único que no salía de su casa era la sal. Para todos era un misterio qué hacía una mujer sola con tanta sal.

–Él tenía una virgencita; siempre la llevaba con él.

–Ah, sí, la virgen de Regla, santísima. Espera, que te la traigo –entró a un cuarto que daba a un pasillo estrecho y salió con una virgencita en miniatura–. Esto fue lo que me dieron, porque se quedaron con el carnet y ni me dejaron entrar a su casa. Ay, mija, es que yo le había prestado un pozuelo de una vez que le hice frijoles negros. Y ahora mi pozuelo está ahí, bajo llave. ¿A quién le van a dar lo que hay en la casa, si la única de la familia eres tú y no vives aquí? Vaya, no es que tenga un tesoro, pero algunas cositas podrían resolver.

—Claro, deberían dejarla entrar.

—Es verdad —dijo, con más confianza, y se le acercó para susurrarle al oído—. Nosotros, los vecinos, estamos pensando en entrar —dejaba entrever la ansiedad con que los vecinos rondaban esa puerta. Gertrudis imaginó las fauces hambrientas disputándose la presa—. Con cuidado, eso sí, y coger lo que nos haga falta. Después decimos que nadie ha visto nada; total, puede ser un robo, si ladrón es lo que se sobra por aquí. Mejor eso que ver cómo le dan la casa a un militar con las cosas adentro.

—Gracias.

—¿Por qué? —Dijo la mujer, extrañada.

—La virgencita —la sostuvo en su mano antes de guardarla en el bolso—. Así me llevo un recuerdo.

—Ah, claro, hija, además, es de lo más buena. A ver cuándo me llego a la iglesia. Tendré que tomarme algo para los nervios, porque cruzar la bahía en la lancha me da terror pánico. Es la iglesia que más me gusta, pero qué capricho, del otro lado de la bahía.

Gertrudis volvió a mirar la puerta del tío y luego a la señora, que ya no se tocaba los rulos y se veía más segura. Al salir, acercó la oreja a la puerta y escuchó en silencio durante varios segundos, ante la mirada expectante de la mujer.

—Niña, si ahí no hay nadie.

—Lo sé —Le devolvió una sonrisa alicaída.

Desde que la voz femenina la había llamado por su nombre solía buscar en todos los lugares posibles a esa persona o entidad que al parecer quería encontrarse con ella. Hizo un gesto con la mano y comenzó a alejarse por el pasillo, seguida paso a paso por la mirada de la señora. En la calle la luz la encandiló con tal fuerza que debió esperar varios segundos antes de caminar. Introdujo una mano en su bolso para sentir a la virgen, convencida de que la vida es un camino en el que se pierden objetos hasta que solo unos, los más significativos, nos acompañan en el final.

Aún estaba a tiempo para ir a casa de María. No se perdonaría irse sin verla. Pensó en muchas ocasiones en lo que le diría, las palabras que guardaba para el reencuentro. Ya no había vuelta atrás.

Presionó el botón antiguo y pudo escuchar un sonido irritante que inundó toda la casa. Aunque lo presionara con suavidad, sin hundir por completo aquella bala negra en el redondel de cobre, resonaría con igual molestia.

Elena pegó un grito y le dijo a María que advirtiera a los cobradores de la electricidad o a quienes fueran que usaran la aldaba, o un día la iban a matar de un infarto. María bajó las escaleras con recelo. Quienes visitaban la casa solían golpear la cabeza del león ocre con ayuda de un aro pesado, señorial. Pero si era un desconocido, un vendedor de aromatizantes o un reparador de sombrillas, sonaba el timbre. Lo último que le pasó por la cabeza era que Gertrudis, a la que había cortado en la conversación telefónica, de la que huía por temor a abrir heridas del pasado, estaba frente a la puerta.

–¿Qué, viniste a ver a los nativos?

–Ya veo que te alegra verme.

–¿Por qué no me avisaste?

–María, te llamé y no me dejaste hablar. Cuando saliste al teléfono sonabas rara… Te extrañaba.

–Disculpa –le temblaban los labios–. No estamos bien.

Se quedaron en silencio. Gertrudis estiró los brazos hacia ella como una madre. María no pudo resistir aquella pequeña casa, ese espacio lleno de recuerdos.

–Qué cosa. Han pasado cinco años y te ves más joven – María la analizaba sorprendida, oliendo de cerca el perfume que llevaba.

–Seis.

–¿Tantos?

–Sí. Para mí ha sido una eternidad.

–Ay, Gertrudis, si te fuiste ayer.

–No creas, no creas.

Echó un vistazo a la entrada, lúgubre, con los muebles de

siempre. María la observaba con algo de curiosidad. Se cruzaron sus miradas por un momento y no supieron qué hacer.

—Tengo una sed…

—Está del tiempo, pero es agua.

Gertrudis buscó un vaso y se sirvió. Los azulejos tenían una costra parda que apenas dejaba ver el decorado. Se acercó sigilosa a la puerta para asegurarse de que María no estaba cerca y fue al refrigerador. Parecía una casa abandonada dentro de otra. Al fondo había una lata sin etiqueta que al parecer se usaba para guardar ajos picados, por el olor que sintió. Debajo, en la caja de las verduras, había unos cebollinos mustios que llevarían más de una semana. En el centro había tres croquetas y un trozo de boniato en un recipiente de plástico. Junto a este, otro más grande y alargado con arroz blanco. En la puerta los agujeros para los huevos estaban más desiertos que trincheras en tiempos de paz. Cerró la puerta y recordó de pronto a Elena, el día en que la echó a la calle, envuelta en lágrimas, dolida por la muerte de Carlos.

—¿Y tu abuela? —Preguntó con temor.

—Arriba. Debe estar dormida.

—Ustedes… ¿Están todo el día aquí?

—La abuela no se puede mover mucho. Tuve que dejar el trabajo.

–Vi a tu mamá en el downtown. Me la crucé una tarde. Iba en el carro y ella salía del mall con un muchacho que debe ser tu primo.

–No, no es mi primo.

–Bueno, un amigo del trabajo seguro.

–Un novio. Otro.

–Pero les manda dinero.

–Manda fotos, y a veces jabones. Cuando le da el gorrión me llama y hace las mismas preguntas de siempre. Creo que llama para saber si ya la abuela se murió.

–No digas eso.

–Es verdad.

Sintieron varios golpes que venían desde la segunda planta.

–El deber llama.

–¿Nunca me va a perdonar?

–Ni a ti ni a mí. Para ella somos las culpables de la muerte de Carlos. Y nadie le va a sacar eso de la cabeza.

–Ya han pasado unos cuantos años. Además, él se metió en otra calle. Ni siquiera estaba cerca del bar al que nos fue a buscar.

–Mejor no me recuerdes esa noche. Sé perfectamente lo que pasó y por más que le explique a la abuela no va a perdonar que saliéramos solas y que Carlos fuera a buscarnos.

«Él no era su guardaespaldas. Las niñitas de fiesta, y al

pobre me lo apuñalaron», le decía Elena cada vez que le tocaban el tema.

–¡Acaba de subir, Gertrudis, que no muerdo! –Gritó Elena.

Gertrudis bebió el agua de un trago, como si juntara valor tras un vodka ardiente. María la dejó subir y esperó en la sala.

La puerta estaba cerrada. Gertrudis se detuvo frente a ella y llamó con suavidad.

–¿Para qué tocas si solo estoy yo? Acaba de entrar.

Una vez frente a ella le sorprendió verla tal como la había dejado la última vez; el mismo rostro enjuto, demacrado pero resistente al tiempo. Si a María la atropellaron varios siglos, a Elena en cambio la había acariciado una brisa de atemporalidad.

–¿Cómo se ven las cosas desde lejos?

–Bien. No sé. Lejos. Solo lejos. Siempre estoy al tanto de las noticias, de lo que ocurre…

–Qué asco, las noticias. No quiero saber nada de lo que pasa allá afuera. Hay una guerra, ¿sabes? Se están matando por trocitos de pan. Hay sangre corriendo por las calles y lo peor es que nadie se da cuenta. No, lo peor es que nadie hace nada. Nada –metió la cara en la almohada, molesta–. Lo mismo que hicieron con Carlos –Gertrudis sabía que le faltaba poco para sacar el tema–. Lo mataron por nada. ¿Qué le iban a robar? Llevaba los cuarenta centavos de la guagua en el bolsillo y su carnet de identidad. No hay fundamento. Ahora matan primero, y después registran los bolsillos. No, deja, no hace falta que me pidas perdón. Ya tienes suficiente con tu vida.

—No entiendo.

—¿No viniste a recordar, a atar cabos y toda esa mierda de la nostalgia? Desde el primer día en que te vi me dije: esta nació para llorar y tomar senderos equivocados. Regresaste por Enrique.

—También —Respondió, incómoda.

—Sí, claro, claro, también. Pero de todas las cosas que vas a hacer aquí, la principal es ver a ese muchacho. Tienes cara de estar buscando algo. Está cantando. Siempre tuvo buena voz. Pero por mucho que le insistí nunca me cantó un bolero. Ahora canta hasta por los codos en un cabaret. Si me animo, si un día tengo fuerzas, iré a verlo. Cuando se me fue Carlos, llegó Enrique. Pero no es lo mismo. Ven acá y dame un beso. Total… Quizás es la última vez que te veo. Tengo un pie aquí y otro en el más allá.

—Estás fuerte todavía.

—A los muertos no se les da aliento, niña —dijo, inclinando la cabeza para que le besara la mejilla—. Cuando bajes dile a María que aún me gusta el té a su hora.

Gertrudis asintió y fue hacia la puerta. Se cruzó en la escalera con María, que llevaba el agua para el samovar.

—Pasa otro día.

—¿No vamos a hablar? —Dijo Gertrudis, confundida.

—Si no le pongo el té es capaz de romper algo. Cierra bien la puerta.

Gertrudis fue a darle un beso de despedida y María retrocedió.

—Te vas a quemar.

—Mari, ¿en serio estás bien?

María asintió poco convencida y siguió de largo. Gertrudis recogió su bolso y cerró la puerta al salir. Sospechaba que era la última vez que visitaba esa casona.

Elena guardaba silencio.

—María, ¿por qué no me muero y ya?

—Abuela, por favor.

—Tú tienes la vida por delante. Yo… yo la dejé atrás, se me va despegando, ya ni la escucho.

Gertrudis regresaba en un taxi al apartamento de alquiler. Respiraba con gusto el aire que se entraba por la ventanilla. Desde que llegó a la isla entró en un estado de ensoñación que la hacía perder el orden y la noción del espacio. Su reloj interno se había descompuesto. Aunque se esforzara, los sucesos se le presentaban mezclados, en un confuso ir y venir de fechas, nombres, asuntos pendientes.

No podía fallar su visita a Enrique. Sabía que la tercera era la vencida. Debía verlo en un lugar público. De lo contrario, sería difícil entablar una conversación íntima y terminarían en las mismas, discutiendo. No se sentía con fuerzas para ir al cabaret. Quizás el fin de semana.

# 14

–Están buscando a Enrique allá afuera –Gritó Regla en medio del camerino.

–¿A mí? –Preguntó Sexta, alarmada.

–Conque tenemos visitas dirigidas, Enriquito –Dijo La Jabá, con sorna, mientras se limpiaba la sombra de ojos.

–Regli, te dije que no pases a esos locos al camerino, que se llevan hasta los bombillos. El público afuera. Deja, ya salgo.

Sexta volvió a ponerse las argollas doradas y la peluca. Después de los espectáculos solo deseaba quitarse todo y que el agua corriera por su cuerpo. Pero si le hacía un desaire a un admirador era capaz de buscarse un problema. La Jabá la observaba a través del espejo, entre risitas que contagiaron a las demás.

Se ajustó la peluca y respiró con fuerza antes de salir al salón previo al camerino.

Gertrudis la vio acercarse con tacones y peluca. Había más, por supuesto, el brillo en la sombra de ojos, los labios rojos y la saya corta. Pero ella solo se fijó en los zapatos y el pelo.

–¿Enrique?

Gertrudis no podía creer lo que veía. La voz le había parecido familiar cuando la escuchó en el camerino, pero sin embargo esta imagen se le hacía indescifrable. Tampoco era el mejor momento de Sexta: tenía el maquillaje hecho un desastre, había sudado a mares a causa del aire acondicionado defectuoso y de su «pasión escénica», y no dormía bien desde que tuvo aquel altercado con los dos hombres.

Por un momento Sexta no la reconoció. Gertrudis no pudo contener la risa. Pensó que era una broma de Enrique. Un foco rojo pendía del techo, cubierto solamente por un trozo de mica quemada. Gertrudis repitió su nombre, aquella sombra de la que Sexta huía. Entonces se acercó a ella para verla mejor. Su perfume se imponía sobre Gertrudis, era una copia de Chanel No. 5 que chirriaba como una tiza raspando la pizarra. La sonrisa radiante de Sexta se consumió en una transición amarga. Gertrudis supo en ese momento que no se trataba de una broma. Llegó de golpe toda la verdad. Le impactó aquel olor, la presencia de ese cuerpo, ahora femenino o en el proceso. Todo lo que había pensado decirle, el modo de abrir su bolso y entregarle la foto de la niña, la buena noticia, lo que había ensayado mentalmente desapareció.

–Esto es…

–Lo último que esperabas encontrar, ¿no? –Agregó Sexta, en su voz melodiosa que no dejaba de ser una mentira para Gertrudis.

–Sí.

–Aquí la que hizo una mala jugada fuiste tú. Me tuve que enterar por boca ajena que te habías ido. Ni siquiera te tenía cerca para darte una bofetada.

Del camerino salieron algunos travestis en fila india. Pasaron altaneras entre Sexta y Gertrudis, analizando a esta última con las cejas arqueadas.

–¿Qué estás haciendo?

–Trabajar. Ya sé quién te dijo que estaba aquí. La pobre, va a terminar igual que la abuela si no sale de aquella cárcel.

–Fue Elena.

–Ah, ¿y qué más te dijo?

–Que viniera. Eso es todo. Pero… ¿No tienes trabajo en la compañía de danza? ¿Tan mal están las cosas?

–Todo lo contrario: no puedo estar mejor. Gertrudis… a ver, no sé cómo decirte todo esto. Es una historia larga. Pero si hago esto, si canto y soy… una mujer, es porque me siento bien. Este es mi trabajo. Sabes que canto bien; al menos hago algo bien, ¿no?

Ambas rieron. Gertrudis no dejaba de asombrarse. Enrique era otro, otra. Se trataba de una conversación entre mujeres.

–Y me ha ido bien así, en el *tíbiri tábara*.

–Ay, Enrique, pero te deben pagar mejor que en la compañía.

–Niña, no me digas Enrique. Lo siento. Gertrudis, las cosas han cambiado mucho. Sé que esto lo sabes de sobra, y viéndome así, más, pero hay mucho que te has perdido. Y para actualizarte harían falta varios días.

–No voy a estar mucho tiempo.

Sexta hizo silencio, se ajustó las ligas que unían las botas a la saya y comenzó a hablarle con voz grave.

–Gertrudis, quiero que me prometas algo.

–Dime.

–Que no me vas a juzgar.

–Ni te voy a acusar, ni te voy a perdonar. Podías haberme avisado. Habrás tenido tus razones. Si haces esto es porque te sientes bien. Lo último que haría es tratar de imponerte algo. No puedo negar que todo esto es muy raro. Qué extraño, hace tiempo me habías ofrecido matrimonio, tuvimos… Íbamos a tener hijos.

–Y lo que te falta por saber.

–No solo a mí. Bueno, Enri… ¿Sexta, no?

–Ven acá –La agarró del brazo y se fueron a un rincón en penumbra.

–No me digas que me vas a besar o algo de eso.

—Niña, no, qué besadera ni ocho cuartos. Mira —se subió la blusa, mostrando un par de senos enormes—. Este es mi mayor orgullo.

—Pero… ¿cómo te pusiste silicona? A ver, es decir… ¿en el hospital lo permiten?

—Para todo hay trucos. Parece mentira que seas cubana. Después de tanta carencia, algo hemos aprendido: el invento. Aquí de la nada se saca provecho. La luchita, Gertrudis. Estos melones me los pusieron de madrugada. Cuadré con una doctora y le pagué, por supuesto. Las tetas son francesas y me las trajo un amigo de Venezuela. Así que por ahí ya tengo triple nacionalidad. Quinientos mililitros de silicona en cada una. En total llevo un litro de silicona. Cómo me miran los hombres.

—Estás loco.

—Loca.

—Disculpa. Discúlpame, solo echo a perder las cosas. No quería irme sin verte. Hay algo…

—¿Ya estás sentimental?

—Enrique… Sexta. Se me enreda todo aquí en el pecho…

Gertrudis rompió a llorar. Sexta la abrazaba, se apartaba para secarle las lágrimas y la volvía a abrazar.

La miró fijamente, tratando de comprender qué la hacía llorar de ese modo. Entonces comenzó a reír a todo volumen.

A Gertrudis le avergonzaba pero ya era tarde, habían montado un buen show hacía rato.

—Te pareces a Becky muerta en llanto en *Tacones lejanos*. ¿Tu rímel es *uarer prú*?

—¿Qué?

—Que si resiste al agua. Bueno, a las lágrimas.

—No sé. Enrique, ¿cómo puedes reírte?

—Mira, Tula, si no me río de todo, mejor busco una soga y me cuelgo de la lámpara de mi cuarto. Ni eso puedo hacer. Si me da por colgarme se va abajo la lámpara con techo y todo el bajareque. Llorar es bonito, no lo niego, pero te destruye. Yo solía llorar todas las noches en aquel camerino, sobre todo cuando alguien del público me reconocía. Como si yo no tuviera derecho a hacer con mi cuerpo un tambor. Un día me dije que lloraría solo por cosas que valieran la pena.

—¿Y esto no vale la pena?

—No. Es importante; no lo niego. Pero lamentarse… ¿Qué ganas con eso?

Se quedaron mirando el cielo. Acostumbraban a hacerlo antes de dormir. Cuando había luna llena, era noche de fiesta. No podían dejar de sonreír al verla, tan hinchada de luz blanca, helada. El cielo se veía despejado.

—Oye, y para la próxima no me llames así delante de

todos. Nadie tiene que saber mi nombre de macho. Eso es un secreto profesional. Mira, una estrella…

–Estrella fugaz –dijo Gertrudis casi al unísono–. Se cae una estrella…

–Ahora toca pedir un deseo.

–Se muere una estrella y pedimos un deseo.

–Habrá que pedirle deseos a las estrellas mientras vivan –Resolvió Sexta.

–Empieza. Mira cómo hay.

–Vamos a ponernos las botas.

–Le diré a María. Podemos reunirnos en la noche. Pasado mañana me voy y estaría bien que nos podamos despedir.

–A ver si ahora te despides con decencia.

–Hasta mañana.

Se dieron un abrazo largo. Ahora llegaban las conclusiones, los sabores finales. Supieron que la pasión desenfrenada del principio no era más que un intento de escapar de la realidad, esconderse uno dentro del otro, o tal vez el resultado del hambre, de las visiones que provocaba. Estaban juntos por inercia, porque él le parecía gracioso, ella era bonita, y casi nunca peleaban. Su relación había terminado mucho antes de que se dieran el primer beso. No lo supieron hasta ahora, pero en el aire se percibía un olor a cosa quemada, a objeto de segunda mano, a lobo por cordero.

La Habana había cambiado mucho desde su partida. Pero no se veía abiertamente en sus fachadas, no se revelaba en la cáscara seca de la ciudad, sino en las personas, y para demostrarlo tenía a Sexta frente a ella. Gertrudis comenzó a alejarse, pensando en el pecho de Enrique, en cómo su ex tenía las tetas más grandes que ella. Enrique lanzó una pregunta que ella no alcanzó a escuchar:

–¿Me dejarás conocerla?

Al regresar al camerino, todos se habían marchado menos Regla. Sexta tomó asiento frente al espejo. Junto a su boa de plumas azules, esa que le había rozado las mejillas tantas noches, vio la foto de una niña en un columpio. Llevaba el pelo corto, unas argollas plásticas con flores y un vestido blanco con monitos bordados. En el cuello, una medallita con una virgen y la letra V. Sonreía a cámara. Detrás se veía un perro y la mano de un hombre fuera de cuadro. Al reverso ponía «Vera, 5 años».

Hizo chasquear la lengua entre sus dientes y dejó caer los hombros.

–¿Ya estás, Sex?

–Ah, sí, ya me voy, mi amor. Ya me voy.

Guardó la foto en su bolso y se miró en el espejo. Sostuvo la taza en su mano, detallando esa imagen tantas veces transformada. La pintura de los ojos se había deslizado en líneas grises hasta la barbilla. Sin fuerzas para sacar su estuche de maquillaje y limpiarse la cara, se frotó con el borde interior de su vestido.

—Estuvo fuerte la noche, ¿verdad? —Preguntó Regla.

Sexta ya se había marchado.

# 15

—¿Eso es todo? —Preguntó María.

—Desmaya eso, ya lo tengo cuadrado.

—Pero…

—Oye, tumba esa talla. Yo me ocupo de todo. Cuando me lo lleve, te doy la astilla. Dando y dando.

—¿Cómo te llamas? Ay, disculpa, si no puedes decirlo lo entiendo.

—No hay lío. Me llamo Iván. Lo mejor es andar sin tanta intriga. Además, si pasa algo no tengo problemas. Si das una patada salen cinco negros que se llaman Iván en cada cuadra. Yo juego claro, ya sabes donde vivo. Cuando vengas pregunta por Iván, El Chispa.

Iván cerró la puerta y María estuvo unos segundos en el pasillo de un edificio sin saber qué hacer. Debía regresar a su casa, sobre todo antes de que cayera la noche en aquel barrio de Centro Habana que prometía convertirse en una boca de lobo. Al regreso, intentaba descifrar a qué se debía aquel sobrenombre. La chispa era fugacidad, un estado transitorio del fuego donde el azar y la física hacen lo suyo, y bien puede surgir la llama, o la nada. La chispa podía ser de tren, y en este caso se justificarían sus ojos enrojecidos, un tanto perdidos, aquí pero también en otro sitio. Recordó a Iván el terrible, este apodo le pegaba más, aunque de todas maneras la chispa era de por sí terrible.

La noche siguiente, María y su abuela conversaban en el salón del té antes de la hora de la novela radial. Habían terminado de beber el té y Elena le alcanzó su taza a María para que la colocara en la mesa junto al samovar. En ese momento la casa quedó a oscuras.

—Ay —Dijo Elena, paralizada con la taza del té.

—Dame la taza, abuela. Otro apagón —Dijo en un tono que no la convenció, por lo falso que había sonado.

—Busca una vela. No soporto la oscuridad. Una vela, María —dijo Elena, con la voz temblorosa—. ¿Por qué otra vez? No quitan la luz desde el mes pasado.

—Es un decir, abuela.

María fue a buscar una vela tanteando las paredes. En el camino sintió una mano que le rozó el hombro. El Chispa, pensó. No abrió la boca, temía que su abuela escuchara cualquier susurro. Mientras tanto, Elena había alcanzado a ciegas el teléfono y levantó el auricular para llamar a la empresa eléctrica. No había tono.

–¡María, el teléfono está cortado! Qué desastre de apagón. No hay electricidad, el teléfono está muerto. Lo único que falta es que yo también me muera. Ay, qué olor más raro.

–No encuentro la vela.

–¡Trae una vela ya!

–Cálmate, abuela, ya voy.

María se sentó con cuidado en una silla cerca de su abuela, que respiraba profundamente para relajarse. Escuchó cómo Iván levantaba el cuadro con cuidado. Antes de irse, él le rozó el brazo, buscando su mano, y le dio un billete.

Tras unos segundos, María encendió una vela que tenía detrás de un jarrón. Al hacerse la luz, Elena miró alrededor, extrañada. María le ofreció otra taza con té. Elena aceptó y le dio un sorbo, desconfiada. Entonces El Chispa volvió a activar la entrada de electricidad desde el costado de la casa y la sala se iluminó con fuerza.

Elena puso la taza de té en la mesita e hizo silencio por unos segundos, con la vista clavada en la pared. María respiró profundamente y se dispuso a recoger la sala, pero Elena comenzó a dar alaridos porque su cuadro de una calle de París había desaparecido.

No pudo conciliar el sueño esa noche. María tampoco.

A la mañana siguiente la casa tenía un color mortecino. Entre tantos adornos, que a cualquiera le parecerían puro recargamiento de coleccionista compulsivo, había un aire desolado. La casa tenía el vientre pegado al espinazo. Según Elena faltaba París. No era tan importante aquel cuadro como los recuerdos que le traía. Ella estuvo en ese lugar con Adolfo, allí fue feliz, y beber el té mientras se solazaba con aquel fragmento de Francia era volver al pasado. A María le angustiaba ver a su abuela en la cama, sin apetito, sin hablar. Se había arrepentido de aquel robo concertado que le daría unas cuantas raciones de comida y nada más.

—Abuela, ¿cuánto vale ese cuadro?

—No tiene precio.

—Entonces no vale nada, es una pintura cualquiera.

—No, tonta, es una pieza cara. *Suburbios de París*, de Domingo Ravenet. Lo compró Adolfo en una subasta, y costó unos mil seiscientos francos. Creo que en dólares son trescientos o más. Está dedicado a un doctor. Lo compramos así.

—Ah —Dijo María, tragando en seco.

Esa misma tarde María fue a Centro Habana a buscar a Iván. Tuvo que pagar el doble del dinero que había recibido por el cuadro porque él ya lo había vendido a una señora.

Elena vio su cuadro de París colgando de nuevo en la pared. Desvió la mirada a otro lado, y luego volvió a mirar. Respiró con lentitud, y se llevó una mano a la mejilla, acariciándola suavemente en actitud pensativa. Instantes después puso los ojos en blanco y se retorció en el suelo echando espuma por la boca.

María echó a correr hacia la calle y llamó a los vecinos. Nadie salió de su casa. Tras subir hacia el salón de pinturas, vio cómo su abuela bebía té en calma.

—Anoche tuve una pesadilla con un negro.

María se puso en guardia. Justo en ese momento llamaron a la puerta y no pudo contener el llanto.

—¿Por qué no estoy muerta ya?

Entraron tres hombres y María les indicó el camino hacia la sala. La historia de la vieja loca que se llevaron para Mazorra estaría dando vueltas en el barrio y sus alrededores durante varias semanas.

María fue a visitar a su abuela varias veces, pero no le permitían llegar a ella. En cuatro días perdió peso, se le marcaron unas ojeras profundas y tenía dificultades para poner una palabra detrás de la otra. Los lamentos de Elena llegaban hasta la casa. Desde allí María sentía sus insultos, los gemidos antes de dormir, aunque cerrara bien la puerta de su cuarto. Tenía que sacar a su abuela del hospital o la volvería loca a ella también.

Cuando fue al hospital por ella, el custodio no supo

decirle dónde estaba. Le dio un papel y le indicó que fuera a la ventanilla de información. Allí solo había un teléfono detrás de un cristal con un agujero pequeño. Al rato llegó una muchacha con una lima de uñas entre las tetas y un cubo con agua. Suspiró al verla y le indicó que diera unos pasos hacia atrás. María no entendió bien. Entonces la muchacha lanzó el agua y el suelo se inundó, incluidos los zapatos de María.

–Te dije que te echaras pa'atrás –Le dijo la muchacha.

–Estoy buscando a mi abuela.

La muchacha comenzó a soltar carcajadas, mientras pasaba la frazada por el suelo repartiendo el churre de un lado a otro.

–Ven acá –le dijo a María, mientras abría una ventana que daba a un patio–. Mira la cantidad de gente que hay allí. ¿Cómo pretendes que sepa quién es tu abuela?

–Por el nombre, ¿no? Elena Torres.

La muchacha la miró de abajo hacia arriba, resopló y dejó el palo de trapear recostado en la pared. Abrió el libro de registros y comenzó a buscar el nombre.

–Elena, Elena… Ay, no, es por apellidos. Torres… ¡Elena Torres! Ocho –Dijo, y cerró el libro.

–¿Ocho qué?

–¡Sala ocho, mi vida!

La dejó trapeando el suelo y sin preguntarle en qué dirección

NO ME HABLEN DE CUBA | Grethel Delgado

quedaba la sala, se alejó de ella lo más rápido que pudo. Justo antes de abrir una puerta, sintió un grito a sus espaldas.

–¡Por ahí no, que está mojado! Pa' la izquierda, coge pa' la izquierda.

Vio a Elena finalmente. Le colgaba del cuello una lata oxidada de leche condensada llena de arroz.

–Sácame de esta mazmorra –Elena fue hacia ella con los brazos abiertos.

–Mazorra, mi vieja –Dijo el cuidador de la sala.

–¿Escuchaste algo, María?

–No quiere saber de mí –Admitió el muchacho.

En ese momento entró el médico, que le hizo una señal al cuidador para que saliera. Traía una historia clínica. Después de ajustarse los espejuelos y de tomar asiento levantó la mirada y le preguntó a María si se la podía llevar ese día.

–Claro.

–Firme aquí, en la cruz.

María firmó y fue a quitarle la lata del cuello a su abuela. El médico aún garabateaba algo en la historia clínica, sin prestarles atención. Entonces María le puso la lata grasienta encima de los papeles.

–Por si tiene hambre.

Elena estuvo callada durante todo el trayecto. En ocasiones sacaba la mano y dejaba que el aire la moviera a su antojo.

El chofer, que adoraba la velocidad, iba un poco más rápido para que ella pudiera jugar con el viento. Detrás, María lloraba en silencio. De haber sabido que su abuela estaba en esas condiciones la habría sacado de allí a la fuerza.

De su bolso sacó un frasco con colonia de lavanda, la preferida de su abuela. Humedeció su mano y untó la nuca de su abuela. Elena se erizó y sin mirar atrás suspiró: «Ay, qué fresquito». El chofer observó a María por el espejo retrovisor; ella le devolvió una mirada triste, resignada. Entonces él le preguntó a Elena si quería escuchar algo. Ella ladeó la cabeza, examinando el reproductor de audio, y le pidió una emisora de música clásica, aunque lo que más deseaba era ver el mar. La señal llegó a una sinfonía mozartiana que hizo el camino de regreso mucho más apacible. Apenas se escuchaban los ruidos de la ciudad. Después de cambiar un poco la ruta, el chofer condujo por la línea del Malecón, desde Prado hasta Paseo. Elena asomó más la cabeza y respiró a pecho abierto como si quisiera tragarse el mar. María volvió a mirar al chofer por el espejo, ahora con la frente despejada, y este le dijo:

—Mi pura estuvo así. Qué carajo, hay que darles sus gustos de vez en cuando.

Una vez en la casa, Elena comenzó a revisarlo todo. María sonrió. Su abuela definitivamente estaba de vuelta. Pasaba los dedos por los marcos, las mesas, miraba el suelo en busca de polvo, de cualquier descuido. Esta vez María pasó la prueba. La soledad la había llevado a limpiar obsesivamente cada milímetro de aquella casona. La llevó a su cuarto, donde tenía preparado el tocadiscos con un vinilo de Machín, uno de sus favoritos. Elena pasó de largo sin mirar el tocadiscos y se recostó en la cama. Luego se cubrió con la sábana y clavó la vista en el techo.

—A eso le llamaban melancolía. Es una palabra muy bonita, María. Las mujeres eran tan melancólicas que había que llevarlas urgentemente a esas habitaciones blancas, y ponerles unas esponjitas en las cabezas y en las bocas, para que el sueño entrara mejor. Pero no hay buen sueño que no llegue sin una buena sacudida. La letra con sangre entra, María. Es una luz. Te deja ciega y sorda, por unos momentos dejas de existir, de saber qué cosa eres. Me mataron y después me despertaron para que siguiera viviendo. No hay algo peor que desear morir y que no te lo permitan. Lo que me irritó fue saber que me habían metido en la boca una esponja reciclada. Qué asco, había pasado por las bocas de todos los viejitos que esperaban afuera en la cola para la segunda vuelta.

—¿Nos dormimos un poquito?

—La melancolía se va con un golpe seco, largo. Me rechinan

los dientes y después… después… estoy tan feliz que quiero otro, y otro. Ay, si Martí no hubiera muerto… Ponme esa canción.

—¿Qué canción, abuela?

—Las Hermanitas Márquez.

Levantó el disco de Machín que tenía preparado y colocó el de las hermanitas. Se escucharon las voces avejentadas, a las que se unió Elena. «Si Martí no hubiera muerto… otro gallo cantaría / la patria se salvaría / y Cuba sería feliz.»

—La Habana era tan linda. También era linda yo, por ser habanera, y saberme las calles, los nombres de los cafés y salones de fiestas, las direcciones de los jardines, las colecciones de los museos, las esquinas célebres y los personajes. Todo eso lo sabía porque sentía orgullo de mi ciudad.

Se inclinó para detallar los bordes del tocadiscos. Mirando a su nieta, sacudió molesta el polvo y luego sus manos. María se percató de que en medio de su limpieza excesiva no había reparado en el tocadiscos.

—En la noche había tantas luces, que si a la luna le daba por resplandecer más te daba mareo. Qué triste es hablar en pasado.

Elena no pudo contener un estornudo y su dentadura postiza cayó en el disco de vinilo. La aguja se enredó con los dientes, que chirriaban sobre la superficie negra. Detuvo la música, pensativa, y volvió a colocarse la dentadura.

Se fue a la cama y clavó la vista en el techo.

—Abuela, no te ves bien.

—De nada sirve quejarse. Vete. Espera. Trae unas sábanas limpias, que me oriné.

# 16

Claro que pueden grabar. El director me dio autorización para esto. A mí nadie me mete el pie. Estoy cansada del abuso. Puedo ser muy fina cuando quiero, pero si me pinchan, hay que oírme. Si yo he tenido tremendos careos con las tipas más sonadas de Centro Habana. Estoy entrenada para el barullo, y me boto para el solar en menos de lo que canta un gallo. Seré blanquita pero tengo mi cosa, y si siento un tambor, me despetronco a bailar. Yo bailaba desde niño. Fíjate que en la escuela era obligatorio decir «seremos como el Ché», y como a mí eso no me gustaba, decía «iremos al bembé». Nadie se enteraba porque las voces de los otros tapaban la mía. ¿Te imaginas que todos los niños de Cuba fueran como el Ché? Ay, no, me da urticaria la producción en serie, y los asesinos en serie también. Las únicas series que me gustan son las de televisión.

Aprovéchame que tal vez esta es la última entrevista que me haces. No, yo te aviso. Sorpresas te da la vida, mi cielo.

«Lo que pasó, pasó y ya pasó, y el que quiera azul celeste, que le cueste»; así dice La Lupe. Si no me ha pasado de todo, estoy cerca. Me han hecho tantas cosas que ahora no sé qué decirte. Con las historias de mi vida saldría una película, ¿quién sabe? Claro, un documental; así mismo es, tienes razón. Un momento. ¿¡Qué!? Está en la segunda gaveta, sí de izquierda a derecha. Ay, chico, me tienen cansada. Usted va a ver que usted verá... ¿Cómo que no está? Yo la dejé ahí la otra noche. Oye, la madre para la que se haya llevado mi peluca. Ah... ¿Dónde estaba? Bueno, yo estoy ocupada en esto, no puedo estar en dos cosas a la vez. Ya, está bien, pero al final la guardas bien en la redecilla. Pensé que podía estar tranquilita, pero cuando no es una cosa, es la otra.

Eso es difícil de explicar, mi cielo. Mi trayectoria es un enredo que ni una telenovela brasileña. Y como la vida es una cajita de sorpresas, me ha dado más vueltas que un carrusel. Mira si es así de fuerte, que a veces me da un mareíto y cuando me pregunto «¿y esta flojera?», me digo, «claro, niña, de dar vueltas». Yo vengo del polvo, de los golpes contra los carros en los semáforos. Cada centímetro de mi cuerpo ha sido golpeado, amoratado, roto y después bendecido. Fui cristiana y luego di de comer a la tierra con una paloma, fíjate qué cosa más loca. Amé a una mujer y ahora quiero ser mujer. Me lancé una vez al mar queriendo llegar a ella y ahora me conformo con sentarme en el malecón casi todas las noches. ¿No te parece que La Habana es un bar gigante y el malecón es la barra? Sí, chico, la gente no tiene a dónde ir, es decir, no tiene con qué pagar, así que enfilan para el malecón cuando va a caer la noche. Ves tonga de gente bajar por Paseo o por la calle G como si fuera una marcha del primero de mayo. Ese muro ha visto de todo, mi vida, de todo. Se llena a más no poder y los que están mejor de dinero se compran una cerveza en el quiosco de enfrente o llevan una caneca con ron. No hay más ná. A darse cañangazos hasta que se les olvide el nombre. Qué lindo cuando el mar está negro y en el fondo se ve una lucecita. Me da una cosa así… en el pecho, que no puedo explicarte.

El mar es una cosa muy inestable. Pero yo soy más inestable que el mar. Yo puedo más que el mar y puedo más que tú. Una vez… bueno, la única vez que he ido al psiquiatra, me dijo que yo era bipolar, y para joderlo le dije que era pentapolar, aunque creo que es verdad. De los problemas se habla como en broma pero son más duros de lo que parecen. Debo tener a mucha gente aquí adentro diciendo cosas, por eso a veces cuando voy a cruzar la calle no sé para dónde ir porque me hablan todos a la vez. Y ya para terminar de joder la cosa se me ocurrió decirle lo de la canchánchara. Aquello fue, vaya, pa qué. Resulta que el psiquiatra era fan del preparao aquel y le había pasado lo mismo. Claro, él no llegó al punto de bailar con una emisora de radio que marca los segundos todo el tiempo. Me dijo que se había caído en una cisterna y se estaba ahogando, pero muerto de risa. Ay, aunque parece un cuento de un paciente, ahora que lo pienso. Seguro que de tantas historias que le hacen ya no sabe lo que le pasó a él o a los que hacen cola afuera de la consulta. Sí, la canchánchara, claro. Un amigo de Sancti Spíritus me enseñó a hacerla. Puse bastante aguardiente, miel, limón y hielo. Me tomé aquello. Estábamos en una fiesta y para no hacerte el cuento largo te puedo decir que llegué recatada y beata y terminé dando timba yo sola con Radio Reloj. Dime, a ver, ¿cómo se puede bailar Radio Reloj? Pues yo lo bailé.

Mira, no sé lo que va a pasar aquí, pero no me interesa quedarme a verlo. Me puedes decir lo que quieras, desde falta de patriotismo, de alma, de todo, y te puedo decir que exactamente me ha faltado y me falta todo, porque me lo fueron quitando. Aunque me queda un poco de fuerza para decidir esto. Apenas tenga la oportunidad, vaya, que yo vea un filito, un agujerito, por ahí me voy sin pensarlo dos veces. Desde chiquita me decían que me cuelo por el ojo de una aguja. Tengo derecho a irme, ¿o no?

Está bien, me calmo. Sí, estoy relajada, lo que pasa es que si me apasiono con algo grito, pero no estoy molesta contigo, ni con ninguno de los que están aquí; estoy molesta conmigo misma por haber sido tan creída. He estado muy encerrada en mi mundo; mucho cabaret, sí, mucho brillo, mucha pose, mucha boquita linda, boleros van y boleros vienen, mientras se acaba el mundo afuera, pero de todo una se cansa. Al final sales a la calle y chocas con la verdad, que es una mentira. Dime si esto no es para volvernos locos. Sí, porque ahora ustedes están trabajando en esto, se rompen la cabeza organizando el guión, las luces, los cortes que van a hacer, pero cuando salen a la calle tienen que merendar, ir de un lugar a otro, cargar los matules esos. ¿Entonces? No tienen que responderme, si aquí la entrevistada soy yo, pero una se hace preguntas, aunque lo mejor es no hacerlas.

¿Qué buscan con esto? Ya, claro, un documental de travestis, todo muy bonito, pero... ¿para qué? Ya no entiendo por qué estoy aquí dando tremenda muela bizca, si no soy nadie. Los escándalos los quiero lejos, no me gusta marcarme. La gente no me reconoce en la calle, nadie habla de mí. Mi ratico de gloria está aquí, y para eso me dura el tiempo que canto mi repertorio y en los aplausos. Después, vuelvo a la nada, como dice una canción... ¿o era una amiga que me lo decía? Me porto mal, ¿eh? Debe ser que tengo mi regla psicológica. Igual que las mujeres, me pongo insoportable, soy un ogro. Aunque hoy tengo mis razones para estar arisca.

Te puedo hacer un monólogo. Bueno, es lo que estoy haciendo; me refiero a uno con personaje. Lo mío es cantar, pero como actriz solo me aceptan en películas de travestis y total, para hacer bulto. No, hijo, no, para hacer de extra que busquen a su abuela. Voy a actuar el día que hagan un personaje para mí, pero con sentimiento, que no salga lanzando plumas porque sí. Ríete, bobo. Si interpreto un personaje tiene que reír, tener una buena historia, un pasado, llorar y sufrir por algo, vaya, que tenga carne. ¿Aquí no hay guionistas?

Y ahora me preguntas por qué actúo así... ¿Crees que esto es una máscara, que me divierte hacerme la sueca y montarme la pose de la diva? Pues no, muchachito, estás equivocado. Sabía que me lo ibas a preguntar. Ay, qué poco me conocen, y eso que llevamos varios días de entrevista. Parezco un muñecón de feria, lo sé, tengo que afinar la voz porque la mía natural es de tenor o de camionero, y sí, me he refinado, levanto las piernas con suavidad, parto la muñeca como las bailarinas, pero eso va conmigo. No lo hago para llamar la atención; lo hago para mí, porque necesito ser así. Sé que a primera vista parece que todo lo que digo es mentira. Tengo que lidiar con eso siempre. La gente me mira, se ríe, trata de acercarse pero siempre es en plan de burla, o para decirme «qué linda estás, puta», «tú sí, mami, regia». Como si yo fuera solamente una cáscara, una fachada de un circo o no sé qué. Yo tengo sentimientos, me duelen las cosas, sufro por lo que pasa con mis seres queridos, con mi país. No soy una fiesta, ¿me entiendes? Cobra se mató.

Tanta civilización y equipos súper sofisticados, teléfonos inteligentes, y todavía la siguen viendo a una solo con los ojos. Ni idea de estudios sociales o estadísticas, pero te puedo asegurar, por la calle que tengo, que cada día la gente es más comemierda, usa menos la cabeza y pocos recuerdan lo que es tener corazón. Al menos Pepe me entiende.

Queda poca gente buena. Muy poca. La mayoría solo sabe odiar, poner obstáculos, decir «no, no y no». Luego van y se masturban escondidos para que les salga todo el ácido que tienen en el cuerpo. No, déjame hablar. Ya sé que no es la respuesta a tu pregunta. Digo lo que quiero, hasta que me maten. Cuando me dan golpes sigo hablando, tengo derecho a hablar, a expresarme. ¿A quién le hago daño? Yo no estoy mamando por la calle, ni voy a orgías en cualquier cuchitril. Me cuido como un gallo fino. Ay, debería decir como gallina fina. Hay mucho sida por ahí, por eso trato de no enfangarme mucho. Cabaret, alguna fiesta privada de la *high* y poco más.

Mi casa es mi templo. A mi cuarto no llevo a nadie. Solo a Pepe, que se aparece de vez en cuando lleno de piojos. Pero eso no significa que no tenga mis amoríos. Lo que pasa es que mi cuevita es sagrada. Y te soy sincera, no quiero que entre mucha gente porque ese edificio está muy delicado. He ido sacando los trastos rotos para no darle más peso a la estructura. Todo menos el televisor Krim. Es que el edificio fue declarado inhabitable en los ochenta y hasta cuando estornudo me entra cosquillita en la barriga por miedo a que se caiga. Los anormales de al lado lo único que hacen es joder con el reguetón ese, y encima el bajo a todo lo que da. Esto vibra y hasta parece que se menea, o camina. Ay, hijo, parece que en La Habana no hay gravedad. Todo cuelga de un hilo invisible.

Bueno, hoy cantan la Pelícano, Yanelis y Memé La Jabá. Niño, vas a tener que hacerte una limpieza o algo porque estás embotado. No voy a cantar. ¿Qué parte de «me voy» no entiendes? Claro que sí. Vine a despedirme. Ah, seguro Mostacho canta un número, así que serían cuatro. Sí, por eso canta al final, porque es una sorpresa. Ay, niño, enorme, es tremendo. Mira, no es lo mismo tener un bigote mínimo, una sombrita, vaya, que se pueda disimular con una buena base, eh, que ser una loca con el bigote como un manubrio. Esto no es un circo, aunque lo parezca, mijo, tengo que admitirlo. Esto es un cabaret. Y Kika –se llama así la bigotuda– parece un presentador de circo, o una *drag queen*. También le decimos Cosa-Coso, o Señorita Mostacho. Va con los labios pintados de fucsia, tremenda sombra de ojos, su rubor que no puede faltar, y tronco de bigote. A cualquiera se le caen las alas del corazón. Pero aquí la dejan porque es exótica, y aunque no lo creas, hay mucha gente que viene a verla solo a ella. Que sea feliz; al menos aquí tiene la libertad de dejarse el bigote y doblar a la Massiel o a quien le dé la gana. Eso es para que veas que en este cabaret no hay censura. Mucho veneno sí, y chismes, palabritas entre patas, en el camerino, pero aquí cada uno hace con su cuerpo un tambor. Así debería ser fuera del cabaret.

No sé lo que hacen en otros países, pero cuando estoy aturdida voy a ver a un santero y le digo: «macho, tírame los caracoles a ver qué dicen». Pero casi siempre voy a casa de mi madrina y le llevo algún regalito. Ay, esa negra es muy buena, y es fanática a Olga Guillot, más que a los tapices con perros jugando a las cartas. Una noche la traje y le di la sorpresa de cantarle *Soy lo prohibido*.

«Soy el pecado que te dio nueva ilusión en el amor, soy lo prohibido. Soy la aventura que llegó para ayudarte a continuar en tu camino.»

Los lunes, si no tiene el moño virao, me le aparezco en su casa para que me tire las cartas. Tiene un ángel de apaga y vámonos, aunque a veces para joderla le digo que en vez de ángel lo que tiene es un demonio muy chismoso que se asoma a ver el futuro de la gente y después le susurra todo al oído. Su casa está llena de flores plásticas y no hay mesa que no tenga su mantel de nylon con motivos tropicales. Cuando limpia, limpia de verdad, pone la música a todo lo que da y cubos van y cubos vienen, lanzando agua como si aquello fuera el acabose. Al final pone cascarilla y colonia en las esquinas. Ese remedio es de lo más efectivo. Eso y bañarse con flores, azucenas, sobre todo, te ayuda a sacar la mala energía del cuerpo y de tu casa. Te digo azucena porque es la que yo uso. Debe ser con flores blancas. Aunque la cosa no es tan estricta, porque a veces hasta las flores se pierden… que ni en los centros espirituales se ven. Como si te da por bañarte con flor de majagua, lo importante es que sea una flor.

Claro que tengo mis razones, pero la principal es una que me tiene loca desde que lo supe. Ahora tengo algo por lo que luchar. Me da igual si cruzo el mar y caigo en un país que no se parece a este, con otro idioma y otra gente. Voy a estar en casa cuando la vea. Cuando conozca a esa muñequita nadie va a ser más feliz que yo. No te digo más. Lo siento. Es una historia muy larga. Después dicen que la vida no es una novela. La mía se parece más a una telenovela mexicana, pero sin tanta religión.

Solo me da penita pena con mi Pepe. No tengo cara para

decírselo. A ver, quizás me demore unos meses, pero ya estoy para irme, y cuando yo me pongo, lo sé porque me conozco, lo logro. Pero no se lo voy a decir. Eso sí, le quiero dejar mi bajareque, tengo que resolver eso con una amiguita que trabaja en la notaría.

¿Mis amigos? Esa es una palabra muy grande. Tengo uno aquí: Arturo. Digamos que es un escritor al que le gusta barrer. Nos vemos todas las semanas y me habla de títulos de libros, de teorías y de tantas cosas... Qué grande es el mundo; y una aquí encerrada en una isla. Los demás amigos están del otro lado del charco. No había tenido tantas ganas de irme hasta ahora. Allá hay cantidad de bares y cabarets. Tengo una amiga que administra uno y tiene muchos contactos. Trabajo no me va a faltar, y además, me sienta bien trabajar porque no lo veo como un trabajo. Cantar y pasearme por el escenario es lo único que quiero.

Al que le pique, que se rasque. Esta no va a quedarse en el fango. El último que apague el Morro. Se acabó. Niño, quítame el micrófono.

# 17

María llegó al hospital con los encargos que le había hecho Elena.

—Cómo extraño mi tocadiscos.

—Abuela, solo llevas unas horas aquí.

—Esta no es mi casa, y ya sé lo que va a pasar: o me dan el alta o me muero.

—En la noche traigo un radio, de esos pequeñitos. Así te vas a sentir mejor.

María pensaba en el juego de cubiertos. Si lo vendía, iba a tener dinero suficiente para comprar el radio y llevarle jugos y comida a su abuela.

—Así voy a sobrevivir. Sentirme mejor es imposible.

El suero se había convertido en un adorno raro para Elena, parecía un globo lleno de helio que pendía de su vena como si la sangre ascendiera gasificada.

Se inclinó sobre la abuela y le arregló la almohada.

Tenía el pelo grasiento, descuidado y, ahora que se fijaba, convertido en una maraña blanquecina donde ya eran historia sus cabellos castaños. Fue a darle un beso pero Elena giró la cara.

Al llegar a la casa encontró a Virgen. Le dio el dinero de las cosas que había logrado vender y le mandó un beso a Elena. Ahora podía comprar un radio portátil y unas flores. También tenía que hacer la sopa. Invitó a Virgen a un café. Una vez en la cocina sería más fácil pedirle ayuda con la sopa. «Esto está pelao», le dijo. Fue a su casa en busca de aceite, cebollas y un cuadrito instantáneo de pollo. María se quedó en la cocina pelando las papas. Virgen llegó con aires de bruja, lanzando cosas a la cazuela y riendo. Ambas observaron la sopa hervir, y las papas, cebolla, ajíes y trozos de pollo tambaleándose en el agua hirviente.

Solo faltaban las flores. Dejó a Virgen con la sopa y fue a la floristería más cercana. No estaba abierta, aunque se veían a través del cristal montones de flores. Otra vez se daba una de esas extrañas coincidencias: tienda cerrada con flores o tienda abierta sin flores. Le llevaría alguna del jardín.

Entró al cuarto del hospital y vio a su abuela sentada.

–Voy a morir pronto. No me pongas peros. Voy a morir y ya está.

–Abue, esta sopita está... Fíjate que Virgen y yo la

reforzamos tanto que parece un puré –Elena se inclinó para ver el contenido–. No te puedes resistir a esta sopa.

Elena abría la boca cuando veía acercarse la cuchara con la sopa. Su mirada no era la misma; tenía los ojos oscuros, más pequeños.

–¿Qué es eso?

–Un marpacífico, abuela. Pasé por la floristería, pero…

–Estaba cerrada, como siempre.

–Sí. Además, te gusta el rojo y…

–En las flores no. ¿Cuántas veces tendré que decirte que me gustan las azucenas? Carlos habría traído un ramo de azucenas. Era capaz de buscarlo debajo de la tierra. Mañana me muero, estoy cansada. ¿Me escuchaste? ¡Cansada!

Elena se arrebujó en su camilla y miró hacia la ventana, murmurando algo que María no alcanzó a escuchar.

–Esto es un hospital. Está prohibido entrar bebidas.

–¿No me digas? ¿En serio? Pues parece un chiquero. A buen sitio me has traído.

–Es el centro de referencia nacional.

–Referencia ni referencia. Quiero mi whisky

–Mañana la traigo.

–Mañana estoy muerta.

María recordó que tenía el radio portátil en el bolso. Puso la emisora de música clásica y Elena esbozó una sonrisa.

Cuando María comenzaba a dejarse llevar por el sueño de su abuela, esta comenzó a hablar.

—La moneda cayó en la vitrola y el jazz lo inundó todo. Nadie fumaba, pero había una neblina perenne, dando tumbos sobre las cabezas. Apareció el saxo, entrando al bar como un chulo fino. Qué bien suena cuando lo tocan como debe ser. Busqué a Adolfo. Se había marchado. Pensé que alguien iba a morir, no sabía por qué. Así fue la noche en que me quedé sola.

Hubo un silencio en el que Elena parecía dormir, vencida por el cansancio. María la observó con cuidado, acercando su rostro al de la abuela para detallar el ligero movimiento de sus párpados cerrados.

—Entonces —dijo, regresando del sueño— hice una promesa que cumplí hasta que pude: no estaría sola nunca. Agarré a Adolfo y le dije que no se me escaparía. Y ya ves, María, lo que más necesitamos es lo primero que se nos pierde. Adolfo, Carlos…

Abrió los ojos y miró fijamente a María.

—Luego me enteré que los de Batista lo buscaban —continuó Elena—, y en esos casos nunca se trataba de una citación para declarar. Al que buscaban, lo querían matar, no sin antes darle una buena golpiza. Una vez que «cantaban», los llevaban al monte, bien cerca de un hueco en la tierra para que fuera más fácil enterrarlos después de dispararles. Otros salían de los calabozos con los pies delante, directo al cementerio. ¿O esos eran los barbudos de Castro? Maldito país, siempre sacando miedo de cualquier parte. Así no hay quién viva.

—Abuela, no hables tanto, que te cansas.

—Si no hablo me muero. Ay, mi Carlos, si mi niño estuviera aquí. Ven acá, muchacho, dame un abrazo. No me dejes sola. Carlos, te estoy viendo. ¿A dónde vas?

Carlos apareció sentado en la otra camilla. No aparecía rodeado de un halo de luz, ni envuelto en humo de gasa. Era tan real que María sintió escalofríos, quedó inmovilizada. A pesar de sentirse espantada por su presencia, no dejaba de mirarlo.

—Carlos, esta no me quiere bien.

Él se levantó para verla de cerca y le tomó la mano. Elena se dejó vencer por el sueño.

—Abuela nos quiere tanto…

—A ti te quiere más —a María le salió una sonrisa leve—. Siempre habla de ti.

—Acércate, que no muerdo —le dijo a María—. No puedo hablar más alto. Abuelita linda. Mira cómo te has puesto el pelo. María, tienes que peinarla, hacer que salga al patio. ¿Vas a salir, abuela? Te hace falta un poco de aire.

—Te ves tan real, Carlos.

—Lo soy. Pero no estoy aquí. Cuando uno se va tiene que irse de verdad. Solo regreso por la abuela. Me llama tantas veces…

—Nunca me va a perdonar aquella noche.

—No te sientas culpable. Fue ella la que me dijo que las buscara. Gertrudis y tú se fueron sin avisar y la abuela me sacó del baño casi por los pelos. Pensé que estarían en el bar de siempre. Pero... María, por favor, prométeme que no vas a decirle nada de esto a la abuela, ni a Enrique.

—¿A Enrique? ¿Por qué?

—Él estaba en la calle esa noche.

—¿Por qué no me lo dijo?

—Tendrá miedo, vergüenza, cargo de conciencia, no sé.

—Carlos, no entiendo nada.

—Al salir del bar no tenía idea de dónde ir a buscarlas. Caminé unas cuadras y vi a Enrique. Le quise preguntar por ustedes, pero salió un hombre detrás de un árbol. Enrique me dijo que no me conocía, y que no tenía idea de lo que le decía. Insistí, y me preocupé porque me di cuenta de que ese tipo lo amenazaba o algo así. El hombre sacó un cuchillo, o una navaja, sí. Traté de mantener la calma y le dije que nos dejara ir. Quise llevarme a Enrique del brazo y el hombre me atacó. No supe más, lo vi en el suelo, creo, o cayendo, y vi los pies del hombre correr, luego a Enrique, su voz... Estaba llorando. Después comenzó a alejarse y se perdió. Hasta que no vi a nadie más. Y luego... Se había ido el dolor.

—¿Te dejó tirado en la calle?

–Fue a avisar a la policía.

–Te dejó morir.

–Ya estaba muerto. El hombre se ensañó conmigo, María. Tenía rabia. No pude defenderme, solo lo veía sin comprender por qué me enterraba la navaja.

–Lo peor es que estábamos en el bar. Siempre estuvimos ahí. Quizás entraste cuando nos metimos al baño. Si la abuela se entera me mata.

–No la dejes, María.

–Se está muriendo.

–Sí, pero sigue linda. Voy un momento al baño.

–Espera, no te vayas todavía.

–Hermanita… –Le lanzó un beso, dio la vuelta y entró al baño.

–Carlos.

Elena comenzó a cantar. «Tu voz, que es susurro de palma, ternura de brisa. Tu voz, que es trinar de sinsontes en la enramada. Tu voz, que es gemir de violines en las madrugadas…»

María se acercó a la camilla y le puso la mano en la boca con suavidad.

–Ya, abuela. Duerme.

# 18

Gertrudis levantó la aldaba por tercera vez, dejándola suspendida junto a sus pensamientos y algún que otro recuerdo de la misma aldaba, con menos óxido, llena de flores blancas. Era el solsticio de primavera y María llenaba la casa con flores blancas del patio. Su abuela no podía descansar hasta que el blanco lo cubriera todo.

Sintió unos pasos, luego silencio. Levantó la mirada hacia el ojo de la puerta, sabiendo que María estaba detrás escudriñando su rostro sudoroso. La puerta se abrió sola, parecía tener voluntad propia. María apareció al fondo, a unos metros de la puerta, como quien espera que pase un batallón de invitados a la sala, guardando una fría distancia.

—Viste a Enrique, ¿no?

—No lo podía creer.

—Es feliz así.

—María, no estoy segura de que sea feliz.

—Yo no estoy segura de que alguien sea feliz aquí. Pero algunas cosas te hacen sentir bien. Enrique es lo que quiere ser. Y además, estos ya no son tus problemas. Deberías ser consecuente con lo que dijiste. Ya no te pertenece, no vengas a hacerte la heroína. Déjame esto a mí, que me va mucho mejor.

—Necesito hablar contigo.

—Mi abuela no está bien.

—¿Puedo verla?

—La ingresaron. Después de que me la llevaron al infierno aquel y de los electrochoques no ha hecho más que ir en picada.

Gertrudis entró a la cocina y sirvió agua en dos vasos altos. Los colocó sobre una bandeja plateada y antes de salir de la cocina sintió un ruido en la planta superior.

—¿Hay alguien arriba?

—No. Espero que no sean las ratas. La abuela no me deja sacarlas. ¿No es gracioso que me pida eliminar las arañas y a las ratas las deje pasearse libremente?

—Otra vez —miró al techo—. Habrá muchas.

Dejó la bandeja en una mesita. Sentía que la cabeza le iba a reventar. Buscó en su bolso un ibuprofeno y se lo lanzó a la boca.

—Creo que me estoy volviendo loca. Anoche, en el hospital, hablé con Carlos.

Gertrudis puso el vaso en la bandeja y la miró seria. Tragó la pastilla en seco.

–¿No me dices nada?

–¿Por qué no vamos al malecón, María?

–¿Salir?

–Claro, vamos a dar una vuelta. Como en los viejos tiempos.

Una vez rebasaron el umbral de la puerta, Gertrudis comenzó a respirar mejor. El dolor de cabeza se iba aliviando. Caminaron sin decir nada hasta llegar al litoral.

Intentaban definir el muro del malecón después de tanto tiempo, las noches frente al mar, en silencio, que es el mejor modo de gritar, con la vista clavada en la infinita construcción y destrucción de las olas. Tendrían que pasar varios años para que Gertrudis se diera cuenta de que el muro no estaba allí para evitar que el mar se tragara la ciudad, sino para que la ciudad no se lanzara al mar.

La Habana era para ella la ciudad más viva del mundo. Si hacía silencio, podía escuchar cómo respiraba, con dificultad, con sibilantes a causa de su asma crónica que es el asma de tantos habaneros, que aprieta sus pechos como si estuvieran bajo el agua.

–Cuando yo no esté, ve al mar –Gertrudis dejó caer las palabras con tono lapidario.

–Borges decía que el mar es un desierto resplandeciente, pero yo creo que es una boca que arranca lo más querido. El mar es terriblemente ingrato. Hay que ver ese mar negro, impenetrable, que se clava entre los ojos como un miedo, ese mar que se traga los sueños y la gente.

Se interpuso un silencio denso entre ellas. Cada una recordó su mar. Vieron sus manos lanzando flores a Camilo Cienfuegos mientras recitaban poemas aprendidos de memoria, poemas que no entendían y que siguen sin entender. María recordó la vara de pescar que Carlos le restregaba en su cara para darle envidia, aunque no pescaba ni una lata de cerveza. Recordaron las tardes en las playas de Santa María o Boca Ciega.

Gertrudis pensó en lo que no debía, porque en las cosas imposibles no se debe pensar.

–Uno corre el riesgo de perder la noción de la realidad.

Imaginó que el mar se congelaba, las olas detenían su caída rugiente y en medio de la espuma quedaban algunos peces en eterno salto. Con cuidado bajaba por los dientes de perro, se subía los pantalones y echaba a andar sobre el hielo, primero despacio, viendo el humo leve que se alzaba a unos centímetros de la superficie. Luego apuraba el paso hasta deslizarse sin freno hacia la libertad.

Una ola rompió cerca y ambas sintieron el rocío de sal

en sus rostros. Las olas se despedazaban una y otra vez, mientras el salitre le quitaba el maquillaje a las casas y edificios. Tenían a sus pies al cadáver de sus recuerdos y no sabían por dónde asirlo.

—Siempre hemos sido así de tontos —Gertrudis lanzó la primera idea que le vino a la cabeza—. Preferimos la seguridad de nuestros ombligos.

María no hallaba lógico el regreso de Gertrudis. ¿Para qué volver si nada le interesaba? ¿Qué venía a buscar, qué se le había perdido en este lado del mar?

Gertrudis la miraba con detenimiento. Tenían la misma edad y sin embargo parecía que a María los años le hubieran pasado de una manera brutal, apoyados por la humedad y el calor.

—¿Por qué echabas de menos a La Habana?

—Hace tiempo me pregunto lo mismo. Quizás necesito un contacto más real con mi pasado.

—Todo lo que puedes hacer aquí se soluciona con una carta.

—Pero una carta no te va a decir cómo reacciona alguien, una carta no sirve para expresar ciertas cosas, ni aguanta los golpes, los abrazos o las lágrimas. El papel es muy injusto, María. Por eso vine, creo.

—Si viniste por algo será. ¿Remordimientos? Como no te despediste… Después de vernos en aquel parque, enfilaste por la calle Línea con tu bolso negro con flores en la mano. Solo te ibas, mi amiga, era inevitable. Te ibas. Y te fuiste. Era un martes cuando te vi por última vez.

—Y ya el domingo estaba en Oregon, con el mismo paso y el bolso negro con flores. Una semana después llegué a Miami. A veces, en un café, un americano preguntaba cómo era Cuba, pedía que le hablara de la historia de mi país. ¿Cómo explicarle la historia de mi país; la real o la que los maestros arañaban con tiza en las pizarras? Estoy mejor ahora, tengo una familia y una casa.

—El tiempo no perdona. Me pasaron los años y mi abuela por encima y no tengo ánimo para comenzar en otro lugar. No me siento joven. Me da vergüenza decírtelo, pero estoy cansada.

—¿Cansada? No me hagas hablar… Siempre has aguantado. Te lo callas todo. Así no se puede vivir. Cuando tuvimos que firmar aquel papel, o ir a los trabajos voluntarios y a recoger papas en mitad del semestre, tú me decías que no aguantabas, pero aguantaste.

—Si no lo hacía perdía el derecho al título de oro.

—Por favor… Título de oro… La filóloga ejemplar. Y ahora, ¿de qué te sirve?

—De nada. En unos días te vas y este cuento empieza a borrarse de todas partes. Así que no pierdas tiempo molestándote conmigo. Ya no voy a cambiar.

—María…

—María nada. Te lo repito: no quiero discutir. Regresa. Esta Cuba ya no es tu Cuba, Gertrudis. Ni de nadie. Qué absurdo. Aquí nada es de nadie. La Habana es una cosa tan rara que ya no sé…

—Pero has sido y eres feliz.

—Ay, Tula… Si alguien se muere, o pasa algo terrible hacemos el duelo, lloramos a moco tendido, intentamos sacar esa basura que se estanca en el pecho. Pero si alguien te dice que eres feliz, nos da miedo, no lo creemos. Antes le temía al encierro, pero ya se ha convertido en una especie de protección.

—Esa casa te consume, María.

—Prefiero estar encerrada ahí que encerrada en la calle. Además, me recuerda a Carlos. Él siempre tenía un hambre terrible. Cuando llegaba de la escuela temía quedarme sola en casa y que me fuera a comer. Papá decía que estaba en crecimiento. Mis pesadillas eran siempre con él: me amarraba a la cama y mordía un trozo cada cinco minutos. Cuando solo quedaba un pedazo de mi corazón, debajo de las sogas ya inútiles, él comenzaba a llorar y me decía que tenía que comerme para crecer. Entonces lo perdonaba y lloraba con él, no sé con qué boca y con qué ojos, pero yo hacía todo eso.

—¿Se lo contaste después, lo de las pesadillas?

—Sí, pero no lo del candado. Logré que mamá pusiera un

candado al refrigerador, a ver si Carlos dejaba de romper los huevos por debajo y chuparlos. Cuando estuvo instalado el bendito cierre, mi hermano empezó a sonreír. Si Carlos sonreía era que ya tenía un plan. Un día estábamos jugando a las escondidas y me metí en el refrigerador. Cuando quise salir, convencida de mi victoria, la puerta se resistió. La puerta se resistió durante una hora, o más, creo.

–¿Carlos?

–Claro.

María se quedó mirando al mar. Gertrudis la imitó. Poco después, las inundó una risa compulsiva y ruidosa, pero triste. Hicieron silencio.

–¿Sabes dónde me ofrecieron una plaza de editora en un sitio web? En la Isla de la Juventud. Premio a la mejor graduada. Ya no quiero hablar más de mí. Cuéntame, ¿qué ha sido de tu vida? Te casaste, ¿no?

–Sí. Hace cuatro años. Es muy comprensivo, aunque antes solía volverme loca. Imagínate, adaptada a la mesura de Enrique... Al principio mi marido tenía un apetito monstruoso; quería tener sexo a toda hora. Estaba muerta de flaca, no aguantaba más. En las madrugadas me despertaba al pincho; en la ducha no se me podía caer el jabón; en la cocina, si me inclinaba a sacar algo del horno, me condenaba al pincho otra vez; ver televisión en el sofá era tenerlo encima.

Soñaba con torres, cúpulas, imaginaba que era la piedra y él era Excalibur, entraba y salía en un constante *ex calce liberatus,* en fin, una indecisión interminable.

—A mí nadie me ama.

Gertrudis iba a decir algo pero decidió callar. Tuvo que esperar unos instantes para armar una respuesta.

—El amor es una cosa muy grande porque le han dado una explicación absoluta. Yo creo en el amor de los mortales, el que va lleno de rasguños, el que se cae, se emborracha por ahí y a veces hasta se olvida de su nombre. Pero que a fin de cuentas se entrega con los ojos cerrados. Puedo ver a un perro garrapatoso en la esquina de Reina y Galiano y me puedo enamorar de ese perro. Lo amo porque me da la gana. Mi amor es mío, lo doy a quien quiera.

—No es tan fácil. Amar sí, creo, pero que te amen…

—Qué boba eres. No me vengas con eso de las tetas y tu complejo porque son pequeñas. Yo estoy en las mismas y no me quejo. Y ahora Enrique tiene más tetas que yo.

—Sexta.

—Bueno, para mí es Enrique con maquillaje. Ten paciencia, alguien vendrá. Y si no viene nadie, arréglate un poco y sal a la calle, porque encerrada en la casona con tu abuela no te va a pasar nada.

María la interrumpió con un abrazo. Algo les decía que

esta era la última vez que estarían juntas. Pensaban en sus vidas dispersas, en los nuevos amigos que vendrían.

Detrás de Gertrudis se podía ver la entrada a la bahía, un camino surcado por enormes barcos y botes de pescadores. Esas piernas abiertas dejaban entrar y salir constantemente embarcaciones de todo tipo. No muy lejos, mirando los techos de la ciudad, un Cristo levantaba su mano derecha. Un barco se alejaba de la costa.

—Te fuiste como los barcos, Gertrudis. Con lentitud, abriendo en el agua una herida que sana rápido. La memoria del mar es efímera.

Gertrudis se deshizo del abrazo.

—A ti no te desgarró la partida como a mí.

—¿Crees que no me dolió, Gertrudis? Si para ti fue duro dejar todo, cambiar tu vida de la a hasta la zeta, no pienses que me quedé como si nada pasara. Me dejaste tan seca que lloraba y no me salían lágrimas; encima mi abuela me decía que en nuestra familia solo había mujeres que no sabían llorar. Todos se fueron y me quedé sola con una abuela que es un reproductor de recuerdos.

—Nos vemos el viernes, ¿no? —Soltó Gertrudis, ansiosa por cambiar el tema.

—¿El viernes? —Dijo María, como si el año hubiese perdido todos sus viernes.

—En tres días.

—¿Cuándo te vas?

—El sábado.

—¿Puedes quedarte unos días más?

—Ya es suficiente.

—Es verdad. Ya no perteneces a esta ciudad, ni a este país. Tu historia ahora es la de Estados Unidos, tu himno es aquel. Al final hiciste bien en no despedirte de mí. Esta vez tampoco deberías despedirte.

—No te contradigas. ¿Quieres que nos veamos el viernes o no?

María hizo silencio, abrió su bolso y metió la mano. Gertrudis observaba el mar en su última y más oscura franja de azul, donde parece que se mezcla con el celeste. Estuvo unos segundos perdida en esa unión de azules, mientras María, paciente, esperaba con un caracol cobo entre las manos.

—Por si no hay viernes

—¿Y eso?

—Para que escuches el mar.

—En Miami estoy a diez minutos del mar —dijo, quitándole el cobo para examinarlo—. Qué lindo.

—Estarás a diez minutos, sí, como si estás dentro del mar. Pero no es lo mismo. Este cobo tiene el sonido del mar cubano, y del mal cubano, que es la nostalgia. He pasado más trabajo que un forro de catre para conseguirlo. Además, te lo estoy regalando yo, que soy tu amiga, coño. No sabemos cuándo nos vamos a ver otra vez.

Una tormenta se acercaba, dejaba caer su pecho azul sobre la ciudad. A lo lejos se veían los relámpagos.

—El viernes, ¿no? —María le echó una mirada de duda que Gertrudis evadió mirando el caracol.

—Gracias.

—No, gracias no. Dame un abrazo, anda.

—¿Por qué llueve cuando me voy?

—La naturaleza, que tiene sus caprichos.

—Mejor nos vamos —Gertrudis se levantó y dio unos pasos en el muro. Parecía que buscaba la oportunidad de lanzarse.

—Acabaste con la vida de Enrique. Quedó destrozado, y creo que por eso dio ese cambio tan...

—Tarde o temprano iba a salir. Y si no lo hacía, le iba a quemar el hígado toda la vida. Hay deseos que no se pueden reprimir.

—La lluvia —Dijo María, con los hombros encogidos.

—Que llueva. Que se acabe el mundo, pero no vine de tan lejos para que me digas algo así. Nadie se muere por un aguacero. Quizás nos venga bien mojarnos, a ver si nos refrescamos.

—No, aquí no se refresca nada.

Contemplaron a la gente que apuraba el paso, las latas

y bolsas arrastrados por la ventolera. La ciudad era azul. Permitieron que el viento sellara esa nostalgia. Después de caminar algunas cuadras, María se detuvo y enfrentó a Gertrudis con la mirada.

—Dime la verdad. ¿Por qué regresaste?

—Ya Enrique te dirá.

—Qué, ¿tengo que preguntarle a Sexta algo que me puedes decir ahora?

—No es tan fácil.

—¿Y qué hay que sea fácil, Gertrudis?

—Mejor nos metemos bajo un portal. Esto va para largo.

# 19

Sexta llevaba un vestido de flores, y esta vez no lucía ningún adorno brillante, tan útil para abrirse camino en la cavernosa noche habanera. Arturo hizo un marco con las manos y la miró a través de ellas. Desde que golpearon a Sexta él la recibía con esa cámara imaginaria que guardaba cada paso de una recuperación lenta.

—Ay, niño, no grabes tanto, que estoy igual que hace tres días. Machacada pero digna.

Sexta rebasó el umbral de la puerta en un lento paseo, que él siguió con su cámara imaginaria. Se detuvo, lo miró, seria, y cuando él la tuvo encuadrada en un primerísimo plano, soltó una risita.

—Qué sería de mí sin tu cordura. ¿Sabes? El otro día me entrevistaron y les conté que eras mi amigo.

Arturo guardó silencio.

—Porque eres mi amigo. El único, de hecho.

—Gracias —Dijo Arturo, apenado.

—¿Y esa bobería? Como si fuera un castigo. Tengo una buena noticia —Dijo Sexta.

—Yo también.

—Soy padre. O madre.

—Voy a ser profesor particular —dijo Arturo al mismo tiempo—. Estoy emocionado, porque son muchachos que quieren hacer los exámenes de ingreso a la universidad y… ¿Padre?

—Tengo una hija de cinco años. Vive en Miami con su madre y le gusta cantarle a sus muñecas. Seguro va a ser artista. Nunca pensé en irme, pero ahora voy a hacer todo lo que esté a mi alcance para llegar a ella. Se llama Vera, que lo mismo puede ser un nombre cubano que de otra parte.

Arturo no supo qué decirle. Cerró la puerta y comenzó a reír.

—¿Estás bien?

—Felicidades. Un hijo debe ser el mejor tesoro que nos da la vida. Pero… ¿cómo vas a verla?

—Estoy haciéndome la misma pregunta. De lo que estoy segura es que voy a conocer a mi Vera.

—Como Vera Hall.

—¿Quién es esa?

—Era una cantante americana de folk. Grande y negra

como Freddy. Fredesvinda García... ¿Cantan temas de Freddy en tu cabaret?

—Allí se canta de todo. Mientras sea cubano y bolero. Menos Celia Cruz. La que se atreva, ya sabe que va directito a la jaula. Por cierto —dijo, mientras tomaba asiento para zafarse con calma los zapatos—, ¿con esta candanga te metieron en la cárcel?

—No lo hicieron porque me tomé con calma el despido. Pero tuve miedo. Me arrepiento de haber tenido miedo. Pero no le temo a la muerte. Cuando era niño estuve a punto de que me mataran. Te voy a hacer la historia —dijo, más animado, haciéndole un sitio a Sexta para que se sentara junto a él en el sofá—. Era el año 1957, o 1958, no recuerdo bien. Tenía unos siete años y mi madre me llevaba de La Habana hasta Santiago en ómnibus por la carretera central.

—Que ahora está hecha leña —Interrumpió Sexta.

—Los años no pasan en vano. Era un Camberra enorme, de la General Motors, con el baño al fondo. Había mucha tensión por los enfrentamientos contra Fulgencio Batista, y a cada cierta distancia había un punto de control. Me entraron deseos de orinar y me encerré en el baño con el cerrojo, sin darme cuenta de que no funcionaba bien. Llegamos a un punto de control entre Camagüey y Oriente, los soldados subieron a hacer el registro y uno de ellos trató de abrir la puerta del baño. Por más que lo intentaba no podía abrirla. El soldado rastrilló el fusil y apuntó a la cerradura. Se armó un revuelo tremendo. Entonces el conductor, tembloroso y en voz baja me dio instrucciones hasta que logré abrir la puerta.

—Libraste.

—Salí pálido. Encima mi madre, por los nervios, comenzó a golpearme. Fue el peor viaje de mi vida. Lo único que me alivió fue llegar a la finca. Cuando me bajé del jeep de mi tía, eché a correr. Llegué a la caballeriza empapado en sudor y me subí a un caballo.

—¿Y ahora, a qué le tienes miedo?

Arturo se echó hacia atrás en su asiento, miró al techo un momento, como si trajera la respuesta de algún sitio lejano.

—Le tengo miedo a las noches en las que el centro del mundo es un vaso con ron en la mesa.

—Cualquiera necesita un trago para desconectar.

—Ayer me dieron las dos de la mañana leyendo. Tenía hambre y preparé un pan con aceite. No había otra opción. Me senté junto a la ventana y agarré con fuerza el trozo de pan. Se podía oler el mar. Le daba pequeñas mordidas al pan para que durara. Quería que durara toda la vida. Sentí una felicidad inmensa. No sé de dónde vino. Estaba sonriendo. Sin mujer, sin hijos, sin trabajo, pero sonriendo. La felicidad es una cosa muy relativa.

—Relativísima. A mí me pasa igual, cualquier tontería me alegra o me hunde. Es que soy muy sensible.

—No sé si te acuerdas, pero en los noventa las cosas más absurdas nos daban alegría. Una pizza rancia, con queso de preservativo derretido y un colorante rojo que aspiraba a ser tomate no era otra cosa que ficción. Por eso el hambre también se engañaba a golpe de cuentos. Uno se comía la pizza con pasión. Eran años de emociones fuertes. No sabía si era la última pizza. Vivía cada momento como si fuera el último. Una palabra me podía dejar insomne toda la noche. Las cosas tenían más sentido.

—Ah, pero eso no es exclusivo de los noventa. Un día, después del ensayo, fui a casa de una amiga que vivía cerca del teatro. No teníamos un quilo prieto para comprar ron. Solo nos quedaba el culito de una botella y lo tomamos con una cucharita de postre. Al final disimulamos la borrachera para no deprimirnos. ¡Qué bien nos sentimos! Pero con un calor insoportable. Estoy loca por irme aunque sea al infierno. Allí debe hacer más fresco que aquí.

El reloj dio las campanadas de menos cuarto. Arturo clavó los ojos en el reloj como si pudiera atravesarlo.

—El número cuarenta y cinco es terrible. La bolita dice que es presidente, y la Segunda Guerra Mundial que es muerte. No tiene profundidad alguna y a la vez la tiene toda.

Una mujer barrigona está en la proa de un velero. ¿La ves? Primero está la vela y después ella, cortando el aire en dos caminos. Llena de salitre, orgullosa de su barriga. ¿Puedes verla? Quien no pueda ver las palabras frente a sí estará muerto. Hay quienes van al agua a caminar sobre ella; otros simplemente se ahogan.

—A ver, claro que me doy cuenta de la mujer embarazada y todo eso del cuarenta y cinco, pero no sé por qué lo dices.

—Quiero decir, Sexta, que... —suspiró, dejando caer los hombros—. No sé a dónde quiero llegar.

# 20

Nadie me recibe y nadie me va a despedir. Hace tiempo dejé de creer en Ítaca. Encuentros, despedidas, un tejido demasiado fiel. Ni siquiera sé tejer. ¿Para qué me enredo con estos mitos si los cubanos no tenemos nada que ver con los griegos?

A las cinco ya estaba de pie y sin una gota de sueño. Metí mis cosas en el bolso, dejé la llave del apartamento y el último pago del alquiler. No sabía qué hacer, aún faltaba mucho para mi vuelo. Fui al mar por última vez. Era una masa indecisa que se meneaba hacia el arrecife sin levantar espuma. Me molestó que estuviera tan impasible. «Yemayá, dale agua a este dominó». Ni una ola confundida osó pegarle a las rocas como era debido. Le faltaba gracia.

Llegué al hotel al que me prohibieron entrar cuando tenía quince años. Mi padre iba detrás de mí con la cámara; me tomaba fotos todo el día. Creo que me dijo algo, me llamaba, pero no lo escuché. En la puerta me dijeron un «no» sin explicaciones, asumiendo que debía entender ese maltrato. Mi padre bajó la mirada y me dijo «vamos a otro lugar». Ahora un portero muy parecido a aquel me abrió la puerta enorme y me invitó a pasar como si fuera una señorona. Pero no estaba mi padre.

Una muchacha salió con prisa del ascensor; llevaba el pelo revuelto. En el bar frente a los ventanales enormes había una mesita ocupada por varios señores que fumaban puros. El humo lo cubría todo, hasta el mar detrás de los cristales.

Quién me iba a decir que estaría desayunando en el bufet de un hotel. Cuando a mi madre la invitaban a recepciones en las embajadas, esperaba a que nadie la viera, sacaba una bolsita y guardaba lo que tuviera a mano, así fuera un trozo de tarta, algunas croquetas o bocaditos, todo apelotonado. Qué manjar. Imaginaba que vivía en un castillo y servían un banquete para mí sola. Mamá ponía en la mesa todo lo que había robado y lo cubría con servilletas. Destapaba cada plato hasta que la mesa parecía un cuadro de Picasso. Qué felicidad.

¿Qué hacía aquí? ¿Por qué repetía esta asquerosa rutina de los cubanos que regresan ostentando lo que no tienen? ¿Qué hacía sentada a esta mesa, en una nube a la que María y Enrique no podían llegar en su propio país? Era una tonta. Si no fuera porque se escuchaba todo el tiempo el archiconocido Chan Chan, el Changüí, el Cha cha cha y todos los cha habidos y por haber, habría pensado que estaba en otro país. Alrededor desayunaban los turistas que habían venido a achicharrarse en el trópico, a comprobar que la promesa era cierta, que los anuncios publicitarios no eran un montaje. ¿Qué vendría después de largar el pellejo bajo el sol, de gastar las sandalias de veraneo en el asfalto hirviente? ¿Qué pasaría cuando se acabara la postal caribeña? Lo que no vieron en los videos del paraíso prometido, lo que El Dorado guardaba para más tarde. La soledad de los viejos en el parque que vendían la pasta dental de su cuota de racionamiento, o las almohadillas sanitarias, y hasta los jabones, todo para lograr pagar la cuota de alimentos. El rostro de un médico sin recetario con los codos en la mesa en una asamblea de rendición de cuentas. Palabras huecas y noticias sin noticia. Policías vestidos de civil que golpean y arrestan a quienes dicen lo que piensan. El desespero de una madre por inventar la comida del día.

Un camarero gracioso me sacó de esta cadena interminable. Puso con mucho cuidado los cubiertos. Antes de retirarse, sacudió con dos golpecitos precisos el borde del mantel para quitar una pelusa. Recordé, no sé por qué, la escena de la comida en *Alicia en el pueblo de maravillas* donde los cubiertos están encadenados a la mesa para que nadie se los lleve. Me acomodé en la silla. ¿Y si estuviera encadenada a esta silla, a este país y no me diera cuenta?

No pude comer. Tenía la mesa llena de dulces, tostadas con mantequilla, zumo de frutas y café con leche. A duras penas bebí café, para no perder la costumbre. El café es un ritual que siempre me va a recordar a Cuba y a mi padre. Despierta los sentidos y me ayuda a olvidar que siempre estoy soñando. Veo a mi padre traerme el café. Lo pone con cuidado en mi mesa y deja esa felicidad en todas partes.

Al salir del hotel todo regresó de golpe. La realidad está entrenada para dar golpes, sobre todo bajos. Esta isla, mi regreso, no fue más que una película. Pero, ¿qué ocurre cuando la película se acaba? La pantalla se funde a negro y comienzan a subir los créditos como un telón interminable. La música persiste aún sin imagen, una pausa para recuperarnos de la ficción y regresar progresivamente a la vida, con la torpeza de los pasos a través del pasillo en penumbras, señalado a saltos por los focos de los asientos. Todo ha sido una mentira, aunque mucho menos falsa que la realidad.

Un último repaso de la ciudad. Tenía tiempo para una vuelta. Quizás no iba a regresar en muchos años. O nunca.

Me subí a un auto de los años cincuenta que se me antojó una máquina del tiempo. Quise regresar a la época en que todo esto me parecía un lugar ideal, donde había sitio para mis sueños, los cajones estaban vacíos, así como el armario, esperando que yo pusiera mis cosas queridas allí. Esta isla quería que la llenara de sentido. Así fue hasta los trece o catorce años, en que toda la verdad vino de golpe y tuve que agarrarme fuerte para no salir volando junto a los otros. El fin de mi inocencia fue encontrar los cajones llenos de objetos inservibles, cubiertos de polvo, minados por familias de polillas. Y en el armario había un monstruo barbudo obsesionado con decir que todo era suyo.

En una de las paradas, frente a una escuela, una señora se bajó con dificultad del auto. Había niños reunidos en el patio. Cantaban. En las escuelas se cantaba mecánicamente el himno nacional, en voz baja, no con solemnidad, sino con hastío. Por eso en las manifestaciones lo ponían por los altavoces, a ver si se escuchaba más alto el murmullo, el desgano, porque hay quienes piensan que repartir hambre a partes iguales da fuerza. Ahora entendía por qué un verso como «al combate corred, bayameses» en famélico y desafinado susurro solo podía dar lástima. Con la debilidad matutina de un pan con aceite, ¿a quién le entran ganas de cantar con euforia un himno que invita a salir como desquiciados a la guerra?

San Lázaro es el único nombre que puede tener esta calle

alargada y triste que sale de la colina universitaria y se deja caer como un río cansado hasta el mar. Seguía con la mirada la intensa promiscuidad de los edificios de Centro Habana, abrazados y tambaleantes como un corro de borrachos que amenazan con desplomarse. Observaba el desparpajo de los derrumbes y las huellas de la noche anterior junto al olor penetrante de un orine de esquina. Me detuve frente a una pared que ya no sostiene casa alguna, en su advertencia de «no *hechar* basura». Al cartel le seguían unas ventanas podridas, llenas de agujeros, a través de las cuales divisaba una sala y, más al fondo, un sofá o una cama. El viaje me parecía muy largo, aunque sabía que una parte de mí rehusaba llegar.

Me quedé en el Parque Central, que viene a ser el centro de La Habana, y para algunos el centro del mundo.

«¡Aquí va a arder Troya!», le gritó una madre a su hijo. ¿Qué habrá hecho? Cualquier cosa puede dar pie a un incendio, o mejor dicho, a una candela. Esta islita siempre enganchada a las cortinas rojas, tan pirotécnica y ritual. La gente va tan tranquila por la calle bajo el sol y de pronto se prende. Desde la quema de Bayamo, o antes, desde la primera chispa que sacaron los aborígenes de tanto raspar la piedra, esta tierra ha visto fuego de todos colores: gatos con los rabos encendidos, repartiendo candela por la manigua, petardos aquí y allá, banderas quemadas, maridos incinerados por mujeres con miedo insuperable, tarros insuperables y grandes reservas de gasolina también. El incendio de la tienda El Encanto, las explosiones, todo volando como *cafunga*. Me sorprende este regodeo con la candela. Hasta en las transmisiones de los juegos deportivos a la gente se le cae la baba cuando encienden la llama olímpica.

–¡Taxi!

El taxista aceptó ir al aeropuerto. «Es una buena carrerita», dijo. Abrió la puerta y me advirtió que la cerrara con fuerza. Después de dos intentos la puerta cerró bien y terminé con la mano adolorida. No podía bajar la ventanilla. La cubría una especie de cortina recogida con un cordel. Debí llamar a un taxi más decente. Pero ya estaba ahí. Era un auto de más de cincuenta años y aún se movía.

Sentí pena por María. Enrique me iba a odiar, seguramente. No soportará que lo deje plantado otra vez. No me gustan las despedidas. Enrique… Cuánto tiempo. Me lo cambiaron todo. Es otro paisaje.

¿Qué tiene esta tierra? Por más que me aleje, no me la puedo sacar del pecho. ¿Qué la hace tan necesaria? Quizás Enrique tiene razón, en esta isla azotada por huracanes hay algo que te obliga a cambiar. Mudamos la piel sucesivamente en busca de algo que nunca llega. Hasta las sillas están cansadas de esperar, con las patas rotas, podridas por la cercanía del mar. El tiempo se detuvo y uno sigue con la cantaleta de que todo va a cambiar. Casi nadie va a la iglesia, pero este país tiene más fe que todos. Y aguante. Los pechos están desgarrados, en una telita deshilachada, y aún tienen fuerza para echar la guerra. Yo, que no quería llorar, que me hice la terapia mil veces antes de venir, me sentí a punto de colapsar.

El sol lo disolvía todo. La gente caminaba hacia alguna parte y debajo murmuraba el pavimento, en un vapor asustadizo que quería tragarse todo. Después, un oasis. El semáforo estaba en rojo y parecía que el mundo se había detenido. Dos madres con sus niños esperaban en la acera y miraban el semáforo como si sus ojos tuvieran el poder de cambiar la luz. Bajé la cabeza y me entretuve con mis manos. Luz verde. Otra vez nos movimos. Dejé atrás a los niños con sus madres.

La isla era real solo en mi cabeza. Lo demás, eso que me golpeaba contra los muros de camino a un viejo edificio que apenas recordaba, lo que irritaba mis oídos y a veces eran palabras, los pasos, el suelo que me hacía resistencia, todo eso era ficción, teatro. Me inundaba la sensación de no pertenencia, de saberme una extraña en la tierra que me había dado la nacionalidad y me había quitado las ganas de vivir.

Siempre viví con la agonía de ser isleña, con una frontera única y azul, lo mismo que un precipicio, el comienzo de la nada y también el final de la nada. Mi isla es un barco a la deriva que no llega a puerto alguno, un paréntesis, un accidente en medio del océano. Podía echarme a correr en cualquier dirección; tarde o temprano estaría frente al mar.

El aeropuerto es un agujero negro, el triángulo de las Bermudas, el espejo de Alicia. Muchos de los que atraviesan las puertas de ese templo de cristales, metal y megafonías no suelen regresar. Se pierden detrás de un gemido de turbinas y no se sabe más de ellos.

Había lágrimas en la mayoría de los rostros y hasta los niños estaban serios, sin ánimos para jugar con los conos anaranjados o las cintas que dividían como una frontera a los que decían adiós y a quienes se iban. En este aeropuerto cualquier despedida parece un destierro. Salen pasos perdidos hacia el norte y hacia otras latitudes. Algunos dejan huella. Yo no.

Me cansé de luchar por una trascendencia, de ir como los otros, a trompicones, en la carrera hacia la fama, el mejor puesto, la mención de tu nombre en los medios. Ay, Heredia, cuánta soledad repartida, cuántos suspiros que nadie escuchará. Ya sé por qué han puesto tu poema al Niágara bien cerca de su furia, para que no se escuche el llanto de los cubanos que, una vez alcanzan esa cima, sin creérselo aún, leen tus versos.

Sometida a los distintos chequeos de aduana, fui de un extremo a otro del aeropuerto, mostrando mi pasaporte, colocando el bolso en la esterilla, mostrando mi boleto, repitiendo mis apellidos. Por un momento sentí temor a que no me dejaran salir. Tuve la sensación de que iba en una máquina del tiempo y atravesaba puertas, mientras se apagaban las voces y el llanto de los familiares que se quedaron diciendo adiós, atrás, lejos, en un susurro o un desmembramiento. Eso es, un desgarre del alma, un quedarse sin la mitad.

«Buen viaje.» ¿Qué? El muchacho lo repitió, ahora con más fuerza y una sonrisita a medio hacer. Le di las gracias y recuperé mi pasaporte. Seguí la línea señalizada en amarillo, con la vista en el suelo, conservando la distancia con el pasajero que iba delante. El ruido de las maletas se convirtió en fondo musical y me vino a la memoria esa canción infantil que de niña me hacían repetir en las fiestas, porque a mis padres se les antojó que iba a ser artista y cantante. Esa era de las favoritas dentro del repertorio. Mamá decía: «niña, ahora», y yo me iba al centro de la sala, contoneando mis caderas inexpertas y estrechas para que todos me siguieran con la vista. Una vez en mi sitio cantaba a capella hasta que llegaba el final de la canción y los invitados suspiraban aliviados. Ahora su letra se me hacía cercana. «Cuando salí de La Habana, de nadie me despedí, sólo de un perrito chino que venía tras de mí.»

Una vez en el avión puse el bolso sobre mis piernas y me recosté. Me tocó un asiento al lado de la ventanilla, junto a una anciana que solo miraba al frente, en silencio. Era mucho mejor así. Con el ajetreo no me di cuenta de que llevaba más de una hora de pie.

Se encendieron los motores, la tierra tembló. Pensé en las cosas que me quedaron por hacer, el tiempo que no estuve con María o con Enrique. El avión devoró el gris de la pista, se echó a correr como si huyera de algo. A medida que el avión ganaba velocidad se me puso el corazón como un guiñapo. No era la presión, no era esa pieza metálica alzando vuelo, sino saber que veía todo por última vez. La Habana se veía como una maqueta.

–Muchacha, no estés triste –me dijo una anciana desde el otro extremo–. No vale la pena.

–Gracias. Voy a estar bien, no se preocupe.

Estaré bien. En la distancia todo se veía gris y marrón. Un inmenso cementerio. Le dije adiós. Si algo fuerte tenemos los cubanos son los brazos. Siempre entre despedidas. «No digas que me fui», pedían unos; «si preguntan, diles que estoy muerto», decían otros. De un lado y otro quedaba la duda de volverse a encontrar, el sabor agrio del último abrazo acuñado en un golpe seco como «salida definitiva».

–Y qué, ¿el cuartico estaba igualito? –Preguntó la señora.

–No había cuartico –Respondí, entreabriendo los ojos.

–Bueno, qué más da, tampoco tuve donde quedarme. Mi sobrino vendió el apartamento y está alquilado hasta que le llegue la salida. Ya no hay cuartico que valga, hija. Si no fuera por él no habría regresado –Hizo un gesto amargo con la boca y apoyó la cabeza en el asiento, con la vista al frente.

¿Cuántos padres habían muerto sin ver otra vez a sus hijos? Procuraron mantener intactas las habitaciones, los armarios aún con la ropa, el uniforme escolar planchado, los discos, los libros y sus lápices. Aún conservaban el olor. Así estaba la ciudad, agujereada por cuartos vacíos, pequeños museos que reflejaban una sociedad mustia, regurgitando sueños inconclusos.

Había aguantado mucho, demasiado. Comencé a llorar. Aún no tengo claro por qué lloraba. Quería irme de allí, pero me dolía. Regresaba a mi casa, con mi esposo y con Vera, y algo inexplicable me angustiaba. No hay nada peor que un dolor sin localizar, sin cuerpo. Es un sonido irritante que viene desde todas partes y no sabes dónde accionar un botón para apagarlo. No hay salida.

Tengo el consuelo de que mi hija no va a crecer rodeada de consignas. Vera es demasiada verdad para Enrique. Cuando pasen los años le diré que tiene un padre. Será gracioso, si es capaz de apartar los prejuicios, cuando le pregunten y ella responda «mi padre se llama Sexta». Aprenderá a sacar sus garras y dejar los buenos sentimientos para quien los merezca. Pensarán que es una niña rara. No podía ser de otra manera. Es mi hija.

—No llores —me dijo la señora otra vez, aún con la mirada al frente—. Qué ingrata eres con la vida. Sufrir cuando eres joven es una tontería. Tienes tiempo para regresar cuando las cosas cambien. A mí me quedan unos meses. Estoy viendo por última vez esta tierra.

La señora volvió a mirar el fragmento de isla a través de la ventanilla. Aunque nos alejábamos, era como si Cuba huyera de nosotros. Hasta que se perdió del todo. Las nubes diluyeron el último trozo de la isla como un telón que se abriría más tarde al mar. Vista desde arriba, la amplia mancha azul no podía consolarme. Eso no era mar. Era distancia. Después de navegar tanto, a uno se le graba el horizonte en el pecho. Yo tengo a Cuba pintada en la palma de la mano. Pero ahí se quedó, en un recuerdo estéril que ya no tiene sentido. Por eso, cuando me preguntan sobre mi infancia o las cosas que dejé del otro lado, les pido, por favor, que no me hablen de Cuba.

"Esta novela nació durante una beca
en la Fundación Antonio Gala"